책 읽는
책 쓰는
책 만드는

Finding Editor

책 읽는 책 쓰는 책 만드는

초판 1쇄 발행 2023년 9월 10일

지은이 이하영 | **펴낸이** 오연조
펴낸곳 페이퍼스토리 | **출판등록** 2010년 11월 11일 제 2010-000161호
주소 경기도 고양시 일산동구 정발산로 24 웨스틴타워 T1-707호
전화 031-926-3397 | **팩스** 031-901-5122 | **이메일** book@sangsangschool.co.kr

© 이하영, 2023
ISBN 978-89-98690-77-9 03810

영화 속 책의 장면들

책 읽는
책 쓰는
책 만드는

이하영 산문집

페이퍼스토리

나를 찾아줘

이야기가 좋은 것은 그 속에 내가 경험하지 못한 삶이 있기 때문이다. 그중에서도 특히 영화가 좋은 것은 내가 알고 싶은 인생이 옷을 입고 거리를 걸으며 목소리를 들려주기 때문이다. 영화는 내가 경험하지 못한 삶을 대리 체험하게 해주고 내가 만나보지 못한 사람을 겪어보게 해준다. 영화를 통해 아름다운 이야기, 궁금한 인생을 많이 만났다. 견문이 부박한 나는 영화가 넓은 세상을 보여주는 창이 될 거라 기대했으나, 돌이켜보면 나는 그저 영화를 통해 나를 좀 더 잘 알게 된 것뿐인 것 같다. 어제 본 영화도 제목조차 가물가물한 작품이 있는가 하면 아주 오래전에 보았는데도 자꾸만 어떤 장면이 생각나고 어떤 인물을 골똘히 생각해보게 되는 작품이 있다. 특히 내가 주목하는 인물들은 책 읽는 사람, 책 쓰는 사람 그리고 책 만드는 사람이다. 책을 읽고 쓰는 사람은 책 만드는 사람이라는 집합 속에 포함된다. 작가와 독자가 없다면 책은 만들어지지 않을 테니까. 영화 속에 등장하는 책을 매개로 『조제는 언제나 그 책을 읽었다』를 쓰기도 했다. 영화에 등장하는 매력적인 오브제로서의 책에 주목한 글이다. 이후로도 영화 속에 나오는 책에 관한 이야기는 자꾸만 나를 사로잡아서 작가와 출판사, 서점 등이 나오는 영화를 줄기차게 찾아보게 되었다. 특히 책을 만드는 사람, 편집자가 등장하면 내 홍채가 커지는 게 느껴질 정도였다.

영화에서 북 에디터는 주로 조연으로 등장한다. 때론 주요 인물들이 나오는 대화 속에서만 존재할 뿐 아예 등장하지 않을 때도 많다. 〈악마는 프라다를 입는다〉, 〈브리짓 존스의 다이어리〉 등 칙릿 독자를 위해 가공된 젊은 에디터의 이미지는 문화적으로 흥미롭긴 하지만 그들의 경제적, 사회적 지위는 오늘날의 청춘을 사로잡기에는 부족해 보이는 것도 사실이다. 어쩌면 지극히 마이너한 감수성일 수 있다. 그래서 더 마음을 빼앗겼는지도 모른다. 겉으로 드러나지 않은 일이지만 '이 일은 너무도 중요해서 나라도 열심히 하지 않으면 안 되겠다' 하는 마음으로 분투하는 에디터들이 등장하는 영화들은 대개 흥행과는 거리가 멀었다. 지극히 마이너한 영화 속에서도 조연밖에 차지하지 못하는 마이너리티가 대부분이었다.

하지만 지금은 드러나지 못한 존재들의 숨은 이야기가 빛을 발하는 시대다. 힘 있는 자 뒤에서, 조명받는 사람 곁에서, 중요한 현장의 구석에서 묵묵히 자신의 역할을 하며 한 시대의 서사를 몸에 새긴 사람들. 극장 문을 나선 뒤에도 자꾸만 내 눈에 아른거리던 그 사람들의 이야기를 서툴게나마 시작해보는 것이 의미가 있겠다고 생각했다. 무엇보다, 오래도록 편집자되기를 원했던 나 자신을 위해서 말이다.

이 책에 언급한 영화 이야기들은 언젠가 본 영화의 기억에 의지해 시작했지만 한 번씩은 더 찾아서 보았다. 다시 보면 내가 기억하는 장면이 아주 짧게 지나가기도 하고, 전엔 눈에 안 들어왔던 신scene이 다시 보이기도 한다. 요즘은 굳이 극장에 가지 않아도 쉽게 다운로드 받거나 스트리밍 서비스를 이용해서 짬짬이 영화를 볼 수 있는데 도무지 찾아지지 않는 영화도 있다. 고색창연한 필름깡통 시절도 아니고 뻔히 21세기에 만들어진 영화인데도 말이다. 유독 아날로그 유통방식만을 고수하는 제작자들이 있는 것이다. 어디서도 다운로드할 수 없고, 영화도서관에 가서 DVD나 운이 좋으면 블루레이 디스크를 구해서 볼 수 있는 이런 자료들은 서점에서 구입할 수도 있지만 그마저도 품절인 때가 많다. 몇 년 전 영화 프로그램 대본을 쓸 때의 나는 자료를 소장하고 있는 도서관을 찾아가서 대출하여 DVD에서 영상을 추출해 동영상 파일로 만들었다. 거기다 자막 작업까지 새로 해서 붙이기도 했다. 그렇게 하는 데에 대단한 기술이나 장비가 필요한 건 아니었다. 거기 투자할 만한 시간과, 무엇보다 '의지'가 뒷받침됐을 뿐이다. 간혹 클라우드에 남아 있는 그 시절 흔적을 볼 때면 새삼스레 놀라곤 한다. 이렇게까지 했었구나 싶어서.

이 책은 영화 작품 자체를 소개하는 게 목적이 아니니 그렇게까지는 하지 않았지만, 어쨌든 나는 무언가를 추출해내서 거기에 무언가를 덧씌웠다. 내가 전하고자 하는 이야기의 '의지'가 내 기억 속에서 추출해내는 그 무엇이 드러나 있다. 그렇게 생각하니 우리의 '기억'이라는 공간이 하나의 거대한 영사실 같다. 어쩌면 우리가 경험하는 감정이란 게 결국, 각자의 마음속에 영사된 필름의 환영을 보며 일희일비하는 것에 불과한 것인지도 모른다.

자, 이제 함께 영화 속으로 편집자를 찾아 떠나는 여행을 시작해볼까? 당신은 편집자 지망생일 수도, 왕년의 편집자일 수도, 편집자를 찾고 있는 저자나 출판사 대표일 수도 있겠다. 자기가 하는 일이 뭔지 몰라서 갈팡질팡하고 있는 고뇌에 찬 젊은이일 수도, 자부심과 사명감으로 똘똘 뭉쳐 밤샘 작업을 밥 먹듯이 하는 워커홀릭일 수도 있다. 그저 묵묵히 자기 서가의 구성물을 나날이 재편집하는 독서가일 수도 있다.

영화를 읽고 이 글을 쓰는 동안 더 잘 알게 된 것은 '편집' 또는 '편집자란 무엇인가'가 아니라, '나'라는 사람, 혹은 '내가 되고자 하는 나와 실제 나'의 관계였다. 이 속에 답이 있는 건 아니지만 독자 역시 수많은 이야기꾼들이 깨달았고 깨닫고 있으며 깨달아가는 여정을 저마다의 맥락에서 짚어볼 수는 있을 거라 생각한다. 무언가를, 누군가를 찾아 헤매는 모험에 찬 여정을 그리는 과정에서 발견하는 건 결국 자기자신이라는 사실을 말이다.

차례

프롤로그　나를 찾아줘　13

편집자는 작가의 에너지를 끌어낼 뿐 _7일간의 사랑　13

생각은 커도 글은 간결해야 _지니어스　29

예술가들을 이해하고 후원하는 일 _미드나잇 인 파리　43

주인공을 정말 죽일거요? _디 아워스　57

그래도 써야만 합니다 _브론테 자매　71

좋아하는 게 중요해 _행복한 사전　85

소중한 당신과 당신의 책 _미스 포터　97

최적의 집필 환경이란 _미저리　109

원하는 미래를 선택하라 _논-픽션　123

편집자는 떠나도 질문은 남는다 _채플린　137

인생에도 편집이 필요해 _내 남자는 바람둥이　153

우리는 지금도 서로를 찾고 있다 _베스트셀러　167

에필로그　책 읽는 책 쓰는 책 만드는　177

편집자는
작가의 에너지를
끌어낼 뿐

Man, Woman And Child

〈7일간의 사랑〉
딕 리처즈, 1983

사랑은 미안하다고 말하지 않는 것?

〈러브 스토리〉(아서 힐러 감독, 1970)로 유명한 작가 에릭 시걸이 자신의 소설을 직접 각색했다는 영화, 〈7일간의 사랑〉(딕 리처즈 감독, 1983)은 미국판 〈미워도 다시 한번〉이라 불릴 정도로 관객의 눈물샘의 자극하는 최루성 영화다. 〈러브 스토리〉가 그랬듯 이 영화도 사랑으로 인한 고통을 절절하게 그리고 있다. 감정을 억누르며 안녕을 말하는, 사랑하는 이들을 보면서 누군들 눈시울이 붉어지지 않을 수 있을까.

〈러브 스토리〉의 주인공 제니퍼와 올리버를 갈라놓은 것은 백혈병이었지만, 〈7일간의 사랑〉에서는 자유로운 사랑 그 자체가 고통을 준다. 〈러브 스토리〉에서 제니퍼가 올리버에게 했던 유명한 대사가 있다.

"사랑은 미안하다고 말하지 않는 거예요."

사랑하는 사람들 사이엔 미안하다는 말이 필요 없다는 말일까? 그만큼 허물없는, 말하지 않아도 이심전심으로 통하는 사이라 생각하면 된다는 뜻일까? 편집자라면 이 대목에 미심쩍어하며 원문을 찾아보았을 것이다.

"Love means never having to say you're sorry."

나라면 "사랑은 결코 미안하다고 말할 일을 하지 않는 것"이라고 옮길 것 같다. 사랑하는 사람에게 미안할 일을 하지 않는 것, 그것이 사랑이어야 하지 않나? 최소한 그러려고 노력하는 것이 사랑한다면 해야 할 마땅한 일일 것이다. 그런데 '사랑은 미안할 일을 애초에 만들지 않는 거야'라는 말은 로맨틱 영화 속 사랑하는 연인들 사이에 나눌 대사로는 아무래도 썰렁하게 느껴진다. 너무 냉정하게 들리니까. 하지만 그 냉정함이야말로 에릭 시걸의 의도에 가까운 것이라는 생각이 갈수록 확고해진다. 어느 날 갑자기 화산처럼 불타오른 사랑이라 할지라도 그 사랑에 책임을 느끼는 자기 자신에 대해서는 냉혹할 정도로 차가워야 한다. 제니퍼가 올리버에게 했던 이 대사를 나중에 올리버는 아버지에게 똑같이 돌려준다. 제니퍼가 죽고나서야 아들에게 미안하다고 말하는 아버지에게 올리버는 말한다.

"Love means never having to say you're sorry."

사랑은 미안하다는 말을 할 필요가 없는 게 아니라 '미안할 일을 하지 않는 게 사랑'이라는 게 더 적절하다.

사랑은 칼날 같아서 잘 다루지 않으면 모두에게 깊은 상처를 남긴다. 에릭 시걸이 말하고자 하는 사랑은 겨울날 쏟아지는 눈처럼 차갑고도 완전무결함을 추구하는 것이었다고, 나는 혼자 생각하곤 한다. 그렇다. 사랑한다면 사랑하는 사람에게 미안할 일을 만들지 말아야 한다. 부모님을 사랑한다면 자신을 잘 돌보아야 한다. 아내를 사랑한다면 떳떳하지 못한 일을 하지 말아야 한다. 자녀를 사랑한다면 자기 생활부터 건강하게 관리해야 한다.

〈7일간의 사랑〉을 보면서 사랑에 엄격한 에릭 시걸의 가치관이 드러나는 대사를 다시 발견했다. 남주인공 로버트가 10년 전, 파리에서의 외도를 아내 실라에게 고백하며 이렇게 말한다.

"아이들에게 상처 주긴 싫소."

딸들에겐 비밀로 하자는 얘기다. 그때 실라는 이런 말과 함께 등을 돌린다.

"10년 전에 그 생각을 했었어야죠."

실라의 대사에서 에릭 시걸의 차가운 향기를 느꼈다. 사랑하는 사람에게 미안할 일을 애초에 만들지 말았어야 했다. 어느 여름, 가족과 멀리 떨어진 곳에서 남모르게 했던 비밀스런 사랑 행각 따위 없었어야 했다. 그 사랑이 10년 만에 청구서를 들이밀며 그의 행복을 차압하고 들어왔을 때에야 내뱉는

'이런 일이 벌어질 줄 몰랐다'는 말은 변명이 안 된다. 사랑은 눈부시게 아름답지만 손을 대면 몸서리쳐지도록 시린 겨울눈과 같은 것이다. 그 매혹을 거부할 수 없어 그 속으로 몸을 던질 때는 그 다음을 각오해야 한다. 몸서리쳐지는 아픔을 겪을 각오 말이다.

위기의 인문학 교수 남편과 편집자 아내

영화가 시작되면 푸르른 대학 교정이 펼쳐진다. 어느 강의실에서 휘트먼의 시 강의가 펼쳐지고 있다. 한 학생이 휘트먼은 남북전쟁 때 형을 빼내기 위해 부정한 방법을 썼다고 비난하듯 말했고, 이에 대한 엇갈린 의견으로 학생들 감정이 금세 격앙되었다. 이 아수라장을 수습하는 교수의 한마디.

"중요한 것은 그의 입장과 그것을 나타낸 방식이라네."

영화의 오프닝이 무척 참신하다. 관객들은 곧 이 침착하고 너그럽고 현명한 교수의 입장은 무엇이고 그것을 어떻게 나타낼지 지켜보게 될 것이다.

1980년대 미국 캘리포니아의 한 대학에서 시를 가르치는 교수 로버트. 그가 맞닥뜨린 당혹스런 현실이 두 가지 있다. 첫째는 대학이 인문학과의 구조조정을 시작했다는 것. 적어도 아홉 명의 교수가 일자리를 잃을 거라고 했다. 둘째는 파리에서 걸려온 전화 한 통이다. 10년 전 그를 치료해준 인연으로 만났던 의사 니콜이 최근에 사망했으며, 그녀에게 아들이 하나 있는데 바로 로버트의 아들이란다. 일자리는 없어질 위기이고, 생각지도 못한 아홉 살짜리 아들이 생겼다. 이제 그는 자신의 입장을 어떻게 정리하여, 어떻게 드러낼까.

로버트는 정면돌파를 선택했다.

"화난 건 알아, 그러나 사실이 바뀌진 않아."

그는 친절하고도 단호하게 아내에게 말했다. 그날 밤 인문학 교수들의 대책 모임에서 "케임브리지라면 이런 문제가 없을 텐데"라고 푸념하는 동료 교수에게도 로버트는 단호하게 말했다.

"천만에. 우리나라 고등교육은 모두 같은 문제를 안고 있어."

이 문제에 대한 그의 입장은 대학 측의 감원정책을 다같이 거부해야 한다는 것이었다. 냉정한 현실 인식 그리고 단호한 대처. 이것이 로버트의 방식이다. 여기서 아내 실라의 대처 방식을 눈여겨보자. 실라는 책을 만드는 사람이다. 대학출판부에서 신간 편집을 의뢰받아 한껏 고무되어 있던 실라는 남편 때문에 머리가 혼란해졌다. 남편과 그의 아들에 대한 그녀의 입장은 무엇이고 그녀는 그것을 어떻게 드러낼까.

남편이 아들을 보러 파리로 가는 건 싫었다. 대신 실라는 그 아이를 집으로 초대하자고 했다. 부활절 방학을 이용해 로스앤젤레스행 비행기를 탄 장 클로드. 이 아이는 의젓하고 상냥해 단박에 사람들을 사로잡는다. 실라는 주변 사람들이 남편과 아이의 관계를 눈치챌까 봐 마음이 불안하다. 동시에 그 어느 때보다도 남편이 필요하다는 걸 느낀다. 남편에게 화가 나고 자신이 낳지 못한 아들의 존재가 불편하게 느껴졌지만 그런 감정은 역설적으로 남편과 두 딸에 대한 자신의 애정이 얼마나 깊은지를 깨닫게 만들었다. 남편의 애정을 두고 아홉 살짜리 아들과 경쟁하는 건 부질없는 일이라는 걸 알 만큼 성숙한 실라. 그리고 그녀에겐 몰두할 일이 있다. 차분히 편집제안서를 써서 저자를 만나러 간다. 장의 순서를 바꾸고, 서문을 다시 쓰자는 그녀의 세심한 제안에 작가는 흡족한 듯하다. 특정 단어의 사용에 대한 의견이 오갔고, 이제 미팅을 마쳐야 할 시간인데도 저자는 좀처럼 그녀를 놓아주려 하지 않는다.

"난 도넬리의 책에 대한 당신의 편집력이 마음에 들었습니다. 원래의 졸작을 나도 읽어봤죠. 참으로 지적인 일을 하셨습니다."

이런 칭찬을 들으면 우쭐할 법도 한데 실라는 이렇게 대꾸한다.

"전부 그가 한 거예요. 맥스 퍼킨스가 말했듯이 편집자는 에너지를 방출시켜줄 뿐 스스로 창조하지는 못한답니다."

저자는 감탄하며 이렇게 묻는다.

"맥스 퍼킨스가 그렇게 말했소? 그렇다면 당신은 언제부터 내 에너지를 끌어낼 거요?"

이에 실라는 답한다.

"내일부터요."

그제야 저자는 만족해하며 그녀를 놓아준다.

나는 이 장면이 너무나 좋아서 편집자를 만날 기회가 있을 때마다 이 이야기를 들려주곤 했다. 이 이야기를 들은 편집자들은 열심히 고개를 끄덕여주었다. 맥스 퍼킨스의 말에 따르면 '편집자란 독자의 입장에 서서 작가의 에너지를 끌어내주는 사람'이다. 아무것도 없이는 창조하지 못하지만 '원고' 앞에서는 창의력과 도전 정신이 샘솟는 사람이다.

여성과 편집자, 그 역할의 상관관계

로버트는 바깥일에 열심인 아내가 은근히 신경쓰인다. "당신은 늘 영국 말을 하는 사람한테 반하지"라며 실없이 굴더니 "얼마나 걸리냐"고 묻고, "기왕 하는 것 열심히 하도록 해요. 기분 전환도 되겠지"라고 말한다. 편집이라는 게 기분 전환 삼아 할 일이 못 된다는 것을 모르고 하는 말일까? 아내가 하는 일이어서 하찮게 여기는 것일까? 로버트는 이런 저런 제안을 하며 그녀를 자기 곁에 붙들어놓고자 하지만 거절당한다. 실라가 "No"라고 할 때는 정말 내 속이 다 후련할 지경이었다. 그런데 다음 날 사달이 나고 만다. 실라는 저자와 긴 하루를 보냈고, 저녁에 한잔하자는 작가의 제안을 거절했다. 그러곤 곧장 집으로 돌아가지 않고 혼자 거리를 쏘다니다 근처의 친구 집으로 갔다. 그날 밤 로버트가 실라를 찾아 먼 길을 달려왔고, 두 사람은 남의 집에서 부부싸움을 크게 벌이고 만다. 남편은 "무슨 대단한 작가와 일을 하기에 그렇게 바빴던 거냐"며 화를 냈다. 아내의 직업을 하찮게 여기는 그의 태도에 내가 다 분통이 터질 지경인데 실라는 너무나 부드러운 태도로 남편에게 호소한다.

"난 이 일을 잘 다룰 수 있을 줄 알았어요. 머릿속으론 괜찮았어요. 하지만 마음은 달랐고 그걸 정돈할 수 없었어요."

남편에게 문제는 '아내가 다른 남자와 하루 종일 일을 한답시고 자신과 아이들을 내팽개쳤다'는 것이고, 아내에게 문제는 '남편의 10년 전 외도로 태어난 아들의 등장으로 일어난 혼란을 잘 다룰 수가 없다'는 것이다. 이래서야 대화가 될 리 없건만 실라가 먼저 팔을 벌려 로버트를 품에 안는다. 로버트가 자기 감정을 다루지 못해 일어나는 문제를 아내 탓으로 돌리며 분노를 폭발시킬 때에도 실라는 최선을 다해 침착함을 유지하며 자신에게 일어나고 있는 일을 설명하고 있었다.

로버트의 입장과 그 태도는 유치하기만 하다. 하긴, 일 때문에 고민하는 아내 앞에서 그는 이런 말을 하기도 했다.

"당신이 사이먼 앤 슈스터Simon & Schuster 사에서 일하는 건 아니잖아?"

뭐 대단한 출판사에서 일한다고 집에서까지 고민을 하느냐고 타박을 주는 것이다. 아내는 미소로 지나치고 말지만 내 눈에서는 불이 났다. 남편은 아내를 질투한다. 그녀가 자기와 아이들 말고 다른 일에 에너지를 쓰는 걸 아까워한다. 그렇다고 아내가 집안일 외에 다른 일이 없기를 바라지도 않는다. 아내가 뭔가를 하긴 해야 남편에게도 한눈팔 틈이 생긴다. 아내가 사회적으로 인정받는 사람일 때 남편도 등을 곧게 펼 수 있다. 로버트는 균형을 잘 맞추는 아내를 사랑했다. 그런데 지금의 상황은 자신의 과거로 인해 결혼생활에 위기를 맞은 참이다. 그 와중에 아내가 평상심을 유지하고 작가와 만나 일을 했다니, 그 사실에 부아가 치민다. 로버트는 그 감정을 감추지 못했다. 적반하장도 유분수지, 내가 실라라면 로버트가 한 것과 똑같이 유치한 막말을 퍼붓고 감정을 바닥까지 드러내며 돌이킬 수 없는 강을 건너버렸을 게 분명하다. 그런데 실라는 그렇게 하지 않는다. 편집자인 자기 자신과 아내이자 엄마로서의 자아를 구분 짓고, 이를 흐트러뜨리지 않기 위해 안간힘을 다한다. 어떠한 상황에서도 자기 역할의 중심을 잡고 침착하게 대응하며, 정말 중요한 것을 잃지 않기. 실라의 이런 능력은 가족 공동체를 보살피는 역할과 작가를 이끌어가는 편집자 역할로 오래 단련된 결과인지도 모른다. 언제나 곁에 있고, 묵묵히 뒤에 있고, 큰소리 내지 않고 자기를 드러내지도 않으면서 모두에게 좋은 결과를 이끌어내는 것. 우리 사회가 여성에게 요구해온 역할과 편집자의 역할은 어쩜 이다지도 닮은 것일까.

사람이 완벽할 수 없듯 책도 그렇다

로버트가 밤 운전까지 해가면서 아내가 있는 곳까지 찾아간 까닭은 그녀가 전화를 먼저 끊었기 때문이었다. 감히! 수화기 너머에서 쏟아지는 남편의 비난을 견디지 못한 실라가 "나라고 완벽하지 않아요"라는 말을 하고 먼저 수화기를 내려놓은 것이다.

어떤 남편도, 어떤 아내도 완벽할 수는 없다. 아흔 아홉 가지가 완벽해도 미흡한 한 가지 이유가 관계를 파탄에 이르게 하기도 한다. 하지만 그 누구도 완벽하지 않다는 걸 받아들이면 아흔 아홉 가지 흠이 있어도 괜찮을 수 있다. 한 가지 만족할 만한 장점만으로도 함께할 수 있고 사랑이 지속될 수 있다.

로버트는 자기 입장만 단호하게 반복한다.

"그애는 내 아들이고 앞으로도 그럴 거요."

"아주 여기 있게 하려는 거군요."

"부정하지 않겠소. 당신이 좀 양보할 수 없나?"

로버트는 아들을 데리고 캘리포니아 의과대학 투어까지 하고 돌아와 실라와 딸들에게 의기양양하게 말한다.

"얘가 여기 의과대학에 가겠대."

두 딸은 이미 동네에 떠도는 소문을 듣고 충격에 빠져 있는 상태였다. 아빠에게 다른 아이가 있다는 사실에 침착할 수 있는 초등학생은 없을 것이다. 로버트는 잔뜩 흥분한 아이들을 달래려 한다. 아이들은 엄마를 배신한 아빠를 공격하며 아빠가 잘못을 빌기를 기대하고 있었다.

"장 클로드에 대해 거짓말 한 것은 미안하다."

아이들은 쏘아붙인다.

"그애 엄마랑 바람피운 건요?"

그때 로버트는 그 어느 때보다 단호한 표정으로 말했다.

"그건 너희에게 사과할 일이 아니다. 그건 나와 내 아내 사이의 문제야."

이 대목에서 나는 몹시 놀라고 말았다. 그도 실라 못지않게 복합적인 문제 상황을 다룰 줄 아는 사람이었다. 부부 간의 문제와 부모자식 사이의 문제를 구분할 수 있었다. 아무렴, 그는 존경받는 인문학 교수가 아니던가.

장 클로드가 떠나던 날, 아이들은 엄마에게 다가와 묻는다. 그런 짓을 한 아빠와 어떻게 말을 섞을 수가 있느냐고. 그때 엄마는 딸의 어깨를 부드럽게 감싸며 이렇게 말한다.

"네가 자라면서 꼭 알아야 할 가장 고통스러운 사실은 그 누구도 완벽할 수 없다는 거란다. 네 부모도 마찬가지지."

실라는 다정하게 말했지만 그 내용은 살벌하기 짝이 없다. 그래도 엄마가 있잖아, 엄마는 안 그래, 엄마만 믿어 등등 아이를 안심시키려는 어떤 말도 하지 않는다. 초등학생에겐 결코 쉽지 않은 문제다. 내가 그토록 의지하고 자랑스러워 한 부모가 완벽하지도 특별하지도 않은 사람이라는 사실을 직면하는 것은 아이들로서는 꽤 고통스러운 일이다.

작가 에릭 시걸이 직조한 대사들은 그 현명하고 침착한 따스함 뒤에 서늘하기 짝이 없는 칼날 같은 날카로움을 담고 있어 깊은 인상을 남긴다. 그런데 편집자의 입장에서 다시 보니 이처럼 다정한 말이 없다. 어느 누구도 완벽할 수 없듯이, 사람이 만들어낸 어떤 책도 완벽할 수 없다. 어딘가에서 실수가 발견되고, 흠결 하나쯤 있기 마련이다. 혼란스러운 상황은 언제나 일어나며, 머리와 가슴을 연결할 수 없는 경우도 자주 찾아온다. 그럼에도 중심을 잡고 정말 중요한 것을 놓치지 않는 지혜를 놓치지 않길 소망하며 끝까지 같이 간다.

편집자는 작가의 에너지를 잘 끌어내기 위하여 존재하는 사람이다. 세상에 필요한 지혜와 사랑을 보다 날카롭게 전하기 위하여 최선을 다하는 사람이다.

생각은 커도
글은 간결해야

Genius

〈지니어스〉
마이클 그랜디지, 2016

편집의 조건

영화에서 출판 편집자가 영화의 주인공이 되고 '편집'이라는 업무가 이야기의 핵심을 이루는 경우는 거의 없다, 라고 해왔지만 이제 사정이 달라졌다. 마이클 그랜디지 감독이 〈지니어스〉라는 작품에서 한 탁월한 편집자와 그의 편집 없이는 탄생하지 못했을 천재들을 보여주었기 때문이다. 〈지니어스〉에서 콜린 퍼스가 맡은 역할이 바로 전설의 편집자 맥스 퍼킨스다. 시대는 마침내 천재적인 조연에 주목하기 시작했다.

이 영화는 개봉 전부터 많은 편집자들의 가슴을 설레게 했는데, 막상 이 영화를 본 편집자들은 묘한 감정에 휩싸였을 것이다. ADHD 내지는 과잉 행동 장애가 의심되는 한 신출내기 작가를 불세출의 천재로 만들어낸 편집자의 능력과 열정을 조명했다는 점에서 편집자의 자존감이 한껏 고무되었다가도 막상 그에게 주어진 재량권의 크기를 감지하는 순간, 자신의 현실이 초라하게 느껴질 법도 하기 때문이다. 영화 속의 맥스 퍼킨스는 작가를 처음 만난 자리에서 대뜸 거액의 선인세를 지불할 권한이 있었다. 창작 능력을 잃어버린 작가를 격려하기 위해 심리적 조언뿐만 아니라 재정적인 도움도 준다. 거기다 그는 이제 막 소설 하나를 발표한 작가의 차기작을 편집하는 데 수년의 시간을 쏟아붓는다. 아니, 그가 몸담은 회사는 결재라인도 없단 말인가? 아니면 그 시절 뉴욕의 출판사는 원래 다들 그렇게 편집자 왕국이었나? 그도 아니면 그가 일하는 회사가 혹시 퍼킨스 가문에서 운영하는 패밀리 컴퍼니인 걸까? 여러 궁금증이 일어났다.

"맥스 퍼킨스가 말하길, 편집자는 아무것도 창조하지 않는다고 했어요. 작가의 에너지를 끌어낼 뿐이죠."

영화 〈7일간의 사랑〉에서 실라가 편집자로서의 자부심을 드러내며 언급한 맥스 퍼킨스의 이 말은 온전히 옳다고는 할 수 없다. 작가가 자신의 것을 끌어내도록 도울 뿐, 편집자가 창조하는 건 아무것도 없다는 말의 절반은 사실이 아니다. 그리고 말처럼 간단하지도 쉽지도 않은 일이다. 편집자가 자신의 작가에게서 최고의 에너지를 끌어낼 수 있으려면 편집자 본인에게 잘 훈련된 지성과 세련된 감성이 있어야 하고, 자기 판단에 대한 믿음이 확고해야 할 뿐만 아니라 무엇보다 작가의 마음을 얻을 수 있어야 한다. 그러려면 작가에게 적지 않은 시간과 노력을 들여야 하는데, 여기에는 시간과 돈으로 편집자를 밀어줄 조직의 역량과 경영자의 압도적인 신뢰가 뒷받침되어야 한다. 물론 책을 사랑하는 사회적 공기가 배경이 되어주어야 한다는 점도 중요하다. 이 모든 조건을 종합하여 조율하고 지휘하며 미래에 클래식이 될 작품의 목록을 지금 여기에서 창조해내는 사람, 그가 바로 출판 편집자다(유명 인사를 단숨에 섭외하여 불가능한 출간 일정을 맞추고, 맹탕인 원고를 그럴듯한 작품으로 포장해 출간 즉시 베스트셀러 순위에 올려놓는 신묘한 능력자가 아니라).

천재 작가와 노련한 편집자의 운명적인 만남

어니스트 헤밍웨이, 스콧 피츠제럴드, 토마스 울프가 다정하게 '맥스'라고 불렀던 그 위대한 편집자의 풀 네임은 윌리엄 맥스웰 에버츠 퍼킨스William Maxwell Evarts Perkins다. 뉴욕 토박이인 그는 하버드대학 경제학과를 다녔는데, 당시 하버드에 문학부 교수로 있던 찰스 타운센드 밑에서 공부하여 졸업 후에는 《뉴욕타임스》의 기자가 됐다고 한다. 1910년 찰스 스크리브너스 선즈Charles Scribner's Sons 출판사에 입사했을 때 그의 나이는 스물 일곱 살. 광고부에서 몇 년간 일하다가 군복무를 위해 잠시 자리를 비웠고, 다시 돌아와 편집부에 자리를 잡는다. 편집자로서 그의 본격적인 경력은 1919년, 스콧 피츠제럴드를 만나면서 시작되었다. 당시 스크리브너스 사는 연륜 있는 영국 작가들의 책을 주로 펴내면서 보수적인 편집 방침을 고수하고 있었다. 그런 분위기에서 새로운 작가를 발굴하고 미국문학의 새로운 흐름을 이끌어가려는 젊은 편집자의 야심찬 시도는 회사의 지지를 받지 못했다. 하지만 맥스는 굴하지 않고 회사가 출간을 승인해줄 때까지 작가와 함께 원고를 고쳐나갔고 마침내 피츠제럴드의 첫 작품 『낙원의 이편The Side of Paradise』을 펴내 센세이션을 일으킨다. 1925년, 『위대한 개츠비The Great Gatsby』가 대성공을 거두고서야 비로소 맥스 퍼킨스는 회사에서 제법 어깨를 펴게 되었다. 그렇다고 그를 탐탁지 않게 여기는 사람이 모두 사라진 것은 아니었다. 스콧 피츠제럴드가 강력하게 추천한 작가 어니스트 헤밍웨이 때문에 그는 편집자 경력에 최대 위기를 맞는다. 그는 원고가 도착하지도 않은 상태에서 출간을 결정했고, 이로 인해 회사 측과 격렬하게 부딪치게 된다. "단어가 상스럽고, 신성모독을 일삼는다"며 출간을 강력히 반대하는 선배들과 맹렬히 싸우면서 헤밍웨이의 원고를 지켜낸 맥스는 『해는 또다시 떠오른다The Sun Also Rises』와 『무기여 잘 있거라A Farewell to Arms』를 대대적인 베스트셀러 반열에 올림으로써 미국 출판계에 탁월한 편집자로 이름을 알리게 된다.

영화 〈지니어스〉는 바로 이 시점에서 이야기를 시작한다. 1929년, 스크리브너스 건물 5층의 편집부 사무실. 타이피스트들의 작업 공간을 거쳐 맥스 퍼킨스의 집무실로 카메라가 따라 들어가 중절모를 쓴 중년 남자의 책상 위에 막 오른 구깃구깃한 원고 뭉치를 비춘다.

"누가 부탁한 건데 검토 좀 해줘."

이내 원고를 읽기 시작한 남자는 그랜드 센트럴에서 퇴근 열차인 뉴캐넌행 602열차에 몸을 싣고서도 원고에서 눈을 떼지 못한다. 집에 도착해 가족들과 인사한 뒤 서재에서도, 다음 날 아침 출근 열차 안에서도 원고를 읽었다. 열차 안에서 원고의 마지막 페이지 마지막 문장에서 눈을 떼고 고개를 든 그의 얼굴에는 경이로운 세계를 발견한 벅찬 감정이 투명하게 드러났다. 그날, 뉴욕의 거리에는 비가 추적추적 내렸고 스크리브너스 사 건물 앞을 서성이던 한 남자가 피우던 담배를 버리고 건물 안으로 들어가더니 5층에 있는 맥스의 집무실로 곧장

내달린다. 맥스 퍼킨스는 느닷없이 나타난 불청객이 정신없게 떠들어대는 모습을 조용히 바라본다. 그가 바로 자신이 막 일독을 마친, 엄청나게 혼란스럽고 알 수 없는 에너지로 가득 찬 원고의 저자, 토마스 울프Thomas Wolfe임을 맥스는 어렵지 않게 알아본다.

"토마스 울프 씨, 당신의 작품을 출간하고 싶습니다."

감정이 드러나지 않는 차분한 어투로 무심한 듯 시크하게 말하고는 곧장 서랍에서 수표책을 꺼내는 맥스 퍼킨스.

"제 일은 좋은 책을 독자에게 건네는 겁니다. 선인세입니다. 원하시는 속도로 작업하기로 하죠."

어안이 벙벙해져 악 소리도 못하고 서 있는 토마스 울프. 이 장면은 작가가 보아도 꿈같은 순간이고, 편집자가 보아도 침이 꼴깍 넘어가도록 멋지다. 천재 작가와 노련한 편집자가 만나 운명적으로 '눈이 맞은' 것이다. 이 대목에서 잠시 이 멋진 주인공님들의 나이를 계산해본다. 맥스 퍼킨스가 45세, 토마스 울프가 갓 서른이다.

마음껏 줄 수 있는 대상

피츠제럴드와 헤밍웨이를 발굴한 유명한 편집자가 자신을 인정해줬다는 것에 흥분한 토마스 울프. 500달러짜리 선인세 수표를 손에 쥐고 엘렌에게 달려간다. 엘렌은 맥스 퍼킨스의 책상 위에 토마스 울프의 원고가 올라가게 힘을 쓴 사람으로, 토마스 울프의 재능에 모든 것을 건 여인이다. 남편과 아이들을 버리고 천재 작가에게 운명을 건 엘렌의 사랑과 헌신은 토마스 울프의 첫 책 『천사여, 고향을 보라』의 첫 페이지에 담긴 헌사로 보답받는다(그 몇 글자 외엔 아무것도 없었다는 말이다). 그녀는 천재를 먹이고 입히고 보살펴 세상으로 나아갈 날개를 달아준 뒤, 외롭게 남겨진다. 그런 그녀를 걱정하는 건 맥스 퍼킨스의 아내 루이스다. 루이스는 알고 있다. 남편의 화려한(?) 삶 한켠에 조용하게 남겨진 가족의 쓸쓸함 같은 것을 말이다. 그것은 매 순간 사랑의 감정을 확인해야만 직성이 풀리는 엘렌 같은 여자가 견딜 수 있는 성질의 삶이 아니다. 루이스는 엘렌을 찾아가 진심으로 충고한다. 남편과 아이들에게 돌아가라고. 하지만 불행이 멀리서 출발했다는 신호를 보내면 꼭 그 불행을 대면해 얼굴을 확인해야만 직성이 풀리는 사람들이 있다. 나 같으면 슬그머니 도망갈 텐데 엘렌은 그럴 수가 없는 사람이다. 아닌 줄 알면서도 비참한 바닥을 확인하지 않고서는 중도 포기를 모르는 사람이다. 엘렌은 루이스의 친절에 독기 어린 저주로 보답한다.

"토마스는 맥스가 그에게 의존하기 시작하는 순간 맥스를 떠날 거예요."

그녀도 알고 있다. 토마스는 상대에게서 자신이 필요로 하는 것을 채우고 나면 떠나는 사람이다. 하지만 루이스는 엘렌이 걱정될 뿐이다. 엘렌의 사랑과 맥스의 사랑은 비교나 경쟁이 가능한 것이 아니기 때문이다.

"맥스에게 아들이 나타난 거죠."

루이스는 남편 맥스에게 토마스가 어떤 존재인지 안다. 실제 결혼생활에서는 갖지 못한 아들, 아버지로서 아들에게 주고 싶었던 것을 마음껏 줄 수 있는 대상이 그의 눈앞에 작가 토마스 울프로 나타난 것이다. 아들이 스스로 설 수 있는 힘을 얻어 아버지를 떠나는 것은 세상 모든 아버지가 기꺼이 바라고 감수하는 일이기도 하기에, 엘렌의 저주는 무용한 것이었다. 몇 안 되는 장면에 스치듯 그려진 루이스와 엘렌의 미묘한 감정선을 보면서 나는 어슴푸레하게 깨닫는다. 여인들이야말로 '사랑하는 사람의 인생'이라는 책의 조용한 편집자이자 탁월한 카피라이터라는 걸. 루이스는 의지할 만한 남편이자 네 딸의 다정한 아버지인 맥스 퍼킨스가 아들 같은 존재를 만나 가족에게서 멀어지는 것이 불안했지만 그것은 단지 그의 아버지로서의 삶에서 별책부록 같은 것이라는 걸 안다. 그래서 흔들림 없이 그의 곁을 묵묵히 지킬 수 있었다. 반면 엘런은 자기 뜻대로 남자의 무대를 꾸미려다 자신이 원하는 대본대로 진행이 되지 않자 무리한 연극을 벌이기에 이르고, 오히려 그녀 자신이 사랑하는 남자의 인생으로부터 매몰차게 편집당한다. 영화의 끝에는 토마스 울프의 어머니도 등장해 아들의 삶을 관통하는 한마디를 들려준다.

"그토록 벗어나고 싶어했던 아버지에게로 결국 돌아간 거죠."

편집자의 사명

마치 용암이 분출하듯 쏟아져 나온 글을 한 줄 한 줄 읽고, 그것을 간결하게 다듬어 책에 담는 과정은 쐐기풀을 맨발로

짓이겨 만든 실을 가지고 맨손으로 밤새 털옷을 짰다는 어느 공주의 이야기를 떠올리게 할 정도로 지난한 과정이다(공주의 털옷 짜기는 마법에 걸려 낮에는 백조가 되어 날아다녀야 하는 오빠들을 구하기 위한 미션인데, 백조의 날개에 이 털옷을 걸쳐주면 마법이 풀려 낮에도 땅으로 내려와 사람의 형상으로 살 수 있게 되기 때문에 공주가 밤낮으로 말없이 쐐기풀 털옷을 짜다가 마녀로 몰린다는 끔찍한 내용의 동화가 있다). 토마스는 자신의 문장을 구두점 하나하나까지 지독하게 사랑했고, 겨우 설득해서 덜어냈다 싶으면 그 이상의 추가 원고를 써서 들이밀었다.

"생각은 커도 글은 간결해야지."

5년간 끝없이 쏟아냈을 맥스의 잔소리를 영화는 이 한 마디 대사로 정리해낸다.

그렇게 매일을 함께 붙어 지내며 한순간도 지치거나 포기하는 기색 없이 혼신의 애정을 다 바칠 수 있는 존재를, 한 번의 생에서 몇 번이나 만날 수 있는 것일까. 맥스는 의식적이든 무의식적이든 토마스 울프를 통해 자신에게 주어진 사명을 구체적으로 실현하고자 했던 것 같다. 혼돈으로 가득 차 있는 동시에 확신에 넘치는 이 분열적인 아들에게 정신적 아버지로서의 자기 소명을 본 듯하다. 작가가 자신의 삶에서 경험한 생생한 것들을 문학이라는 가상 세계로 옮겨놓도록 돕는 일, 그것이 기존의 권위를 밀치고 새로 한자리를 차지하도록 시대적 가치를 부여하고 동시대 사람들의 인정과 공감을 끌어내는 일, 그럼으로써 이전 세대가 형성한 세계의 벽에 균열을 내고 자기 시대의 생생한 숨결을 불어넣어 다음 세대가 영위할 정신적 유산의 구조를 바꾸어놓는 일. 그런 일을 했다면 편집자가 자신의 시대를 제대로 살아냈다고 말해도 좋지 않을까? 편집자 맥스 퍼킨스. 그는 20세기 전반의 미국 문학이라는 매력적인 공간을 만들고, 그 속에 위대한 작가들을 질서 있게 입주시켜 끊임없이 이야기가 생산되는 라인을 설계해놓고 떠난 사람이다. 우리 모두가 알게 모르게 그 혜택 속에 살아가도록 말이다.

"A writer's best work, comes entirely from himself."

예술가들을 이해하고
후원하는 일

〈**미드나잇 인 파리**〉
우디 앨런, 2011

1920년대의 파리가 그를 데리러 왔다

결혼 전, 약혼녀와 함께 파리 여행을 떠난 남자가 있다. 약혼녀 아버지의 출장에 끼어 가는 여행이었지만 파리라는 것만으로도 가슴이 잔뜩 부푼 그는 할리우드에서 잘나가는 시나리오 작가다. 그런데 그것으로는 만족이 안 되는지 소설을 쓴다고 낑낑대고 있다. 그런 그를 약혼녀가 불안한 눈빛으로 바라본다. 이들 커플은 곧 결혼해서 최고의 휴양지이자 유명 스타들의 저택이 늘어선 로스앤젤레스의 부촌 말리부에 살 예정이다. 그런데 남자는 잘 팔리는 시나리오는 접어두고 한 번도 써본 적 없는 소설을 쓰겠다며 머리를 쥐어뜯다가 밤이면 파리의 뒷골목을 어슬렁거린다. 영화 〈미드나잇 인 파리〉 이야기다.

주인공 길 펜더에게 파리는 소설가가 살기에 안성맞춤인 공간이다. 곳곳에 영감을 주는 것들이 널렸다. 거기다 1920년대라면 더할 나위 없이 좋겠다. 미국에서 기자로 활약하던 헤밍웨이도 1920년대에 파리에 와서 소설가가 되지 않았던가? 그도 머릿속에서 수없이 그려왔다. 할리우드의 영화 각본가가 파리에 와서는 예술적 영감을 얻어 소설을 쓰고, 그 책이 세계적인 베스트셀러가 된다는 시나리오를. 문제는 이런 꿈을 약혼녀가 전혀 이해해주지 않는다는 거다. 문제는 또 있다. 그를 격려해주고 이끌어줄 친구들이 없다는 거다. 1920년대의 파리에는 넘쳐나던 것들인데! 무명의 작가가 재능을 펼쳐 글을 쓰도록 격려해주고, 글을 쓰면 읽어주고, 출판사나 편집자와 연결해주고, 낭독회를 열고 책을 팔아주던 1920년대 파리의 친구들 말이다.

'아, 내가 그때 태어나야 했는데 시대를 잘못 타고 태어나서 정말 불운하구나!' 하고 파리의 뒷골목이 꺼져라 한숨짓는 순간, 자정을 알리는 종소리가 울린다. 그리고 구형 푸조가 그의 앞에 나타난다. 1920년대의 파리가 그를, 진정한 작가가 되기를 소망하는 미국 남자 길 펜더를 데리러 온 것이다.

거트루드 스타인

구형 푸조는 그대로 멈추더니 길이 올라탈 때까지 움직이지 않았다. 차 안에는 국적과 인종, 성별이 다 달라 보이는 사람들이 이미 파티를 벌이고 있었다. 길은 스콧 피츠제럴드 부부와 인사를 나누었고, 어니스트 헤밍웨이를 만났다. 1920년대 파리에 살던 헤밍웨이, 그가 그토록 부러워했던 전설 같은 주인공을 만난 것이다. 길은 헤밍웨이에게 자기가 쓰던 소설 얘기를 했다. 약혼녀 이네즈가 주인공 직업이 별로라고 했기 때문에 소재에서 벌써 자신이 없었다.

"소재가 영 아닌가요?" 하고 묻자 헤밍웨이가 말한다.

"영 아닌 소재 같은 건 없소. 그 내용이 진실하다면, 글이 간결하고 꾸밈없다면, 어떤 압력 속에도 용기와 품위를 잃지 않는다면."

길 펜더는 눈을 빛내며 헤밍웨이에게 자기 원고를 읽고 의견을 달라고 부탁한다. 헤밍웨이는 잠시의 망설임도 없이 거절한다.

"싫소. 별로면 별로라 싫고 잘 썼으면 부러워서 더 싫어. 작가들은 경쟁심이 강하니까."

하지만 그에게 적당한 편집자를 헤밍웨이는 알고 있다.

"내가 읽진 않겠지만 거트루드 스타인에게 보여줍시다. 내 글을 평할 수 있는 유일한 사람이지."

헤밍웨이는 그를 거트루드에게 데려간다. 이렇게 해서 길은 1920년대 파리에서야 비로소 자신의 원고를 일독해줄 편집자를 만나게 된다. 기획자는 헤밍웨이, 편집자는 거트루드! 그렇게 길의 잠 못 이루는 밤이 시작됐다. 2000년대의 현실에선 그의 아이디어에 귀를 기울여주는 사람이 없었다. 현실의 친구들은 이미 가진 것, 이미 이룬 성공으로만 판단하고 미래의 가능성을 이야기하는 걸 성가셔했으니까.

그 시절, 거트루드 스타인은 파리 예술의 기획편집자이자 대모와도 같은 존재였다. 자유와 예술을 찾아 파리에 온 영어 사용자라면 일단 그녀를 찾아가 인사를 하고 친구로 인정받는 것이 중요했다. 스물세 살의 헤밍웨이도 선배 작가 셔우드 앤더슨의 소개장을 들고 플뢰뤼 27번지에 자리한 거트루드 스타인의 살롱을 방문했다. 거트루드는 헤밍웨이의 작품을 읽고 조언해주었고, 언제든 자신의 집에 자유롭게 출입하게 해주었으며, 자기가 쓴 글도 보여주었다. 헤밍웨이는 그녀의 소설을 교정하는 작업을 돕기도 했다. 헤밍웨이는 거트루드 스타인의 살롱을 좋아했다. 벽에 가득 걸린 그림들은 그의 정신을 스트레칭시켜주었고, 거트루드의 파트너 앨리스가 내주는 음식들은 그의 배를 채워주었다. 거트루드 커플은 헤밍웨이의 아들이 태어났을 때 기꺼이 대모가 되어줄 만큼 헤밍웨이와 가까웠다.

2000년대에서 시간 여행을 온 길이 거트루드의 거실을 방문했을 때, 거트루드는 피카소와 새 작품에 관한 논쟁 중이었다. 피카소는 아드리아나를 모델로 그림을 그렸는데 거트루드는 그 그림이 아드리아나의 오묘한 아름다움을 표현하지 못하고 있다고 지적한다. 길이 보기에도 눈앞의 아드리아나는 피카소가 그린 것보다 훨씬 아름답고 우아하다. 그 와중에 거트루드는 헤밍웨이가 소개한 길의 작품을 받아준다.

거트루드는 헤밍웨이에게 해주었듯이 길의 원고를 읽고 수정 방향을 제시했으며 그의 독창성과 가능성을 한껏 격려해주었다. 헤밍웨이 왈, "작가들은 경쟁심이 강하다"고 했는데 거트루드만은 예외라고 생각한 걸까? 어쩌면 헤밍웨이의 마음속에서 거트루드는 작가가 아니었는지도 모른다. 헤밍웨이에게 그녀는 파리 생활을 보살펴준 어머니이자 스승이고, 가이드였지만 경쟁상대는 될 수 없었다(그래서는 안 되었다). 그 시대에 독보적인 영향력이 있었지만, 남성이 아니라 여성이었기 때문에 여성의 역할 이상의 영역, 즉 한 사람의 독립적인 예술가로 공인되는 것을 바라는 사람(남자)은 없었다.

그 편집자, 두 달째 연락이 없어요

거트루드에게 원고를 건넨 길이 아름다운 아드리아나에게 시선을 돌릴 때, 거트루드는 헤밍웨이와 긴밀히 논의할 일이 있다는 듯 화면 뒤로 빠진다.

"그 편집자, 두 달째 소식이 없어요. 우리가 같이 검토한 원고를 보내고 수정본도 보냈는데."

거트루드는 세계 각지에서 해방구를 찾아온 예술가들의 작품을 사주고, 후원해주고, 길을 열어주었지만 정작 자신의 작품을 세상에 알리는 데는 어려움을 겪고 있었다. 피카소와 마티스가 미래의 대가가 될 거라는 걸 확신할 만큼 예술적 감식안이 뛰어났던 거트루드다. 헤밍웨이도 그녀와의 대화에서 영감을 얻고, 그녀의 작품을 읽고 문장 수업을 하며 대작가의 길을 열었다. 그에게 기자 일을 그만두라고 조언한 것도 거트루드였다. 그러나 역설적이게도 작가 거트루드 스타인은 성공에 목마른 예술가들로 둘러싸인 채 고립되었다. 그녀의 주위에는 예술가들뿐 아니라 예술사업가들도 몰려들었지만 거트루드가 쓰는 글에는 관심이 없었다. 거트루드의 살롱 벽에 걸린 작가들은 화상들의 관심을 끌며 성공을 거두었고, 그녀가 가깝게 지내는 작가들의 재능은 출판인들의 신뢰를 얻었다. 하지만 파리의 젊은 예술가들을 진정으로 후원하는 거트루드 자신을 작가로 만들어줄 출판업자는 나타나지 않았다. 그들은 거트루드 스타인을 대중에게 알릴 방안을 모색하는 대신 '안 되겠습니다'라는 거절의 편지를 보낼 뿐이었다. 연락이라도 해주면 다른 길을 찾아볼 텐데, 원고를 꿀꺽 삼킨 채 묵묵부답일 때면 거트루드의 속이 얼마나 타들어갔을까. 예술가들을 이해하고 후원하는 일에 돈과 시간과 재능을 아끼지 않은 그녀 역시 친구들의 격려와 이해를 원한 한 사람의 예술가였다. 세상에 받아들여지길 원하는 작가였다. 그러나 1920년대에 거트루드 곁에 있던 예술가들도, 2000년대에서 온 시간 여행자 길도 그녀의 간절함 따윈 신경 쓰지 않는다. 그들은 오직 자신이 필요로 하는 것을 그녀가 줄 수 있는가에만 관심이 있다.

예술가들의 뮤즈 아드리아나

길이 피카소의 애인 아드리아나에게 끌린 것은 그녀가 예술가의 뮤즈로서 화려한 경력을 갖고 있기 때문이다(1920년대 파리의 밤에 등장하는 인물 중에서 아드리아나만이 유일하게 실재했던 인물이 아닌 가상 인물이다). 과거에 모딜리아니와 함께 살았고, 브라크를 거쳐서 현재는 피카소의 연인이자 모델이 된 아드리아나는 곧 헤밍웨이와 아프리카로 달아날 예정이다. 파리의 예술가들이 그랬듯이 길도 그녀의 사랑을 간절히 원한다. 아드리아나가 자신을 사랑하게 된다는 것은 곧 그 역시 위대한 예술작품을 낳을 수 있다는 검증의 표지 같은 것이니까.

자정마다 1920년대의 파리로 가는 시간 여행의 다섯 번째 밤에도 길은 거트루드의 살롱을 찾아갔다. 거트루드의 제안에 따라 길이 고쳐다 준 원고를 다 읽은 거트루드가 그를 반기며 한껏 북돋아준다. 하지만 길의 관심은 온통 아드리아나에게 쏠려 있다. 길은 초현실주의 화가의 결혼식 파티에 찾아가 아드리아나를 찾아내고 그녀를 데리고 거리로 나온다. 한시라도 빨리 그녀의 사랑을 확인하고 싶어 안달하는 길. 그때 마차가 다가와 그들을 파리의 벨 에포크 시대(제1차 세계대전 이전의 황금기)로 데려간다. 그곳에서 툴루즈 로트렉과 고갱 그리고 드가를 만난다. 그들이 아드리아나에게 관심을 보인다. 그녀가 의상을 공부한다고 하자 발레 작품의 의상을 맡아보지 않겠냐고 제안한다. 샤넬에게 배우려고 파리에 왔다가 공부는커녕 화가들의 뮤즈로 젊음과 재능을 소진하고 있던 아드리아나에게 그건 구원의 목소리였다. 사랑해달라고 들러붙는 남자들로 가득한 1920년대의 파리보다는 그녀가 원하는 걸 알아보고 도움의 손길을 내미는 예술가들이 있는 벨 에포크 시대의 파리가 훨씬 좋은 건 당연한 일. 아드리아나는 1920년대의 현실로 돌아가지 말자고, 여기 머물자고 한다. 길은 몹시 실망한다. 이건 환상이라고 말한다. 자신도 매일 밤 환상 속을 걷고 있으면서 아드리아나에겐 현실을 살라는 강요를 하다니, 참 뻔뻔하기도 하다.

"가치 있는 글을 쓰려면 환상은 없어야 해요."

이건 길이 아드리아나에게 한 말이지만, 자기 자신에게 한 말이기도 하다.

그렇게 '1920년대의 파리'라는 환상이 깨어진다.

"그렇다면, 안녕. 길."

그녀들의 편집자

벨 에포크 시대 여행에서 아드리아나를 잃고 1920년대로 돌아온 길이 다시 거트루드의 거실에 나타난다. 거트루드는 길의 작품을 헤밍웨이도 읽었다며 그의 의견을 전해준다.

"약혼녀가 바람난 걸 남자가 모른다는 게 이해가 안 된다는데?"

그가 파리의 밤거리를 헤매며 환상을 좇는 사이 약혼녀 역시 다른 환상을 좇고 있었다는 사실을 다른 시대 사람들의 입을 통해 알게 되다니, 참으로 기막히고도 멋진 장면이다. 그러고 보면 지금 우리 자신에게 일어나는 일의 맥락과 그것의 의미를 다른 시대, 다른 곳에서 산 작가의 작품을 통해 깨닫는 일이 얼마나 많았던가. 어쩌면 그것이 문학 또는 예술이라는 환상 공간이 갖는 실효성일지도 모른다.

미드나잇을 알리는 종소리가 울리면 1920년대의 파리로 떠나던 길처럼, 극장의 객석에 앉아 스크린에 펼쳐지는 세계 속을 거닐며 나 역시 무언가를 찾고 있다. 거기엔 또 다른 내가 있고(길에게 있어 헤밍웨이가 그랬던 것처럼), 내 말을 들어주고, 내가 듣고 싶어 하는 말을 해주는 사람이 있고(길에게 거트루드가 그랬던 것처럼), 또한 내 욕망의 그림자(길에게 아드리아나가 그랬던 것처럼)가 있을 것이다. 현실이든 환상이든 결국 내가 보고 있는 이 세계는 나에게서 나온 것이다.

이 영화에서 길의 편집자 역할을 담당해준 거트루드(실제 출연 분량은 매우 미미하다)가 자꾸 내 눈에 밟힌 이유는 무엇일까, 다시 한 번 곰곰이 생각해본다. 21세기, 우디 앨런의 영화에서조차도 미술 애호가이자 편집자 역할로만 그려지는 거트루드 스타인을 보면서 내 마음이 착잡해졌다. 거트루드 스타인은 20세기 전반기의 예술사에서 몹시 중요한 인물이다. 그녀가 큰 재산을 가진 예술애호가였던 덕분이기도 하지만, 자신이 교류했던 인물들의 초상을 치열하게 써내려갔기 때문에 더더욱 그렇다. '잃어버린 세대'라고 불리던, 1920년대 파리에서 꿈을 펼친 젊은 예술가들의 이야기가 그토록 풍성한 것은 그녀가 발표할 곳을 찾지 못한 채로도 포기하지 않고 끊임없이 써내려간 글들 그리고 친구들과 쉴 새 없이 나눈 편지들 덕분이다(그녀가 남긴 유일한 유언은 자신의 미출판 원고들을 반드시 출판해달라는 것이었다).

1920년대 파리, 그토록 자유롭고 그토록 풍성했다고 말하는 꿈의 시공간에서도 여성 예술가들은 한낱 뮤즈로서, 조력자로서만 존재하기를 요구받았다. 위대한 편집자 맥스웰 퍼킨스의 스크리브너스 사도 1930년대 중반이 되어서야 그녀에게 관심을 갖기 시작한다(거트루드의 절친을 자처한 남자들은 이 출판사를 통해 그토록 눈부신 성공을 거두었으면서도 거트루드의 작품 출판을 권유하는 편지 한 통 쓰기를 주저했다). 그녀를 비롯해 그 시절 파리의 여성 예술가들이 진정으로 이해받기 원했던 새로운 생각과 그들의 낯선 삶은 아직도 우리에게 온전히 도착하지 않았다. 우리가 애써 찾지 않는 한, 영원히 도착하지 않을지도 모른다. 그러나 지금 어디에선가 그 그림자들을 온전한 모습으로 편집해내는 사람들이 있다. 그녀들의 편집자가 이제 모습을 드러내고 있다.

주인공을
정말 죽일 거요?

The Hours

〈디 아워스〉
스티븐 달드리, 2011

2001년 뉴욕의 편집자 C

그날 아침 눈을 떴을 때 클라리사는 이 하루가 아주 특별하고도 힘든 하루가 될 거라 예감했다. 밤을 다른 곳에서 보낸 샐리가 새벽바람을 묻힌 채로 들어와 시치미를 떼고 옆에 누워 있었다. 모른 척하고 일어나 욕실로 가서 거울에 비친 얼굴을 본다. 푹 자고 일어난 이른 아침에 가장 지쳐 보이는 이유는 뭘까. 할 일이 산더미 같은데 시작도 하기 전에 이렇게 지친 얼굴이라니, 안 될 일이다. 그날은 무척 특별한 날이어서 가장 사랑하는 두 사람에게 도움이 필요하다고 누누이 말해왔다. 하지만 어쩐지 걱정된다. 잊어버린 거 아닐까? 버럭 겁이 난 그녀가 소리쳤다.

"꽃을 사러 가야겠어!"

이불 속의 샐리는 저게 무슨 소린가 하다가 이마를 친다. 그렇지, 오늘이 바로 그 파티 날이지. 딸아이는 잊지 않았길 빈다. 클라리사에겐 싱그러운 스무 살 딸이 있다. 이십 년 전, 클라리사는 남편은 원치 않고 아이만 원했다. 사랑하는 사람에게 실망하고 미워하고 그럼에도 견뎌야 하는 시간들을 자신의 인생에서 치워버렸다. 원고의 군더더기를 덜어내는 과감한 편집력을 원고가 아니라 자기 인생에 발휘한 것인지도 모른다(오후에 딸이 파티 준비를 도우러 와서 가장 먼저 한 일 역시 거실 탁자와 창문턱까지 오갈 데 없이 널리고 쌓인 원고 뭉치들을 침실로 옮기는 일이었다).

클라리사는 십 년 가까운 시간을 리처드를 돌보며 지내왔다. 사랑하는 사람에게 버림받고 에이즈에 걸려 고독 속에 나날이 성미가 고약해져가는 리처드. 그는 과거를 되살리며 그 순간의 의미를 캐고 또 캐내는 지독한 소설들을 써왔다. 이제는 그것조차 너무나 공허하다며 클라리사에게 공연한 투정을 부린다.

클라리사와 리처드가 연인이었던 건 아주 오래전, 어느 여름 한 철뿐이었다. 리처드에게는 루이스가 있었다. 그러나 루이스는 리처드의 곁을 떠나버렸다. 리처드가 사랑한 사람들은 그렇게 리처드를 두고 떠났다. 리처드는 애처로울 정도로 엄마를 사랑했지만, 엄마는 가족을 두고 떠나버렸다. 그렇게 자신이 사랑하는 사람들은 모두 떠난다는 트라우마를 안고 스스로를 괴롭히며 죽어가는 리처드를 클라리사가 지금껏 간신히 끌어안고 버텨온 것이다.

오늘은 좋은 날이다. 리처드는 오늘 오후에 상을 받을 거다. 용감하게 글을 써온 작가의 일생에 수여되는 상이다. 클라리사는 마치 자신이 상을 받는 것처럼 기뻐서 오늘 저녁 파티를 계획했다. 오랫동안 편집자로 일해온 클라리사지만 리처드의 작품에 편집자로서 이름을 올린 적은 없다. 하지만 리처드의 책에 대해 누구보다 속속들이 잘 알고 있는 클라리사는 리처드의 수상 축하 파티를 주최하기로 했고, 많은 사람을 초대했다. 리처드는 그 자리에 나타나기만 하면 된다. 그런데 리처드는 그날 아침에도 클라리사에게 고약한 질문을 했다.

"댈러웨이 부인, 네 인생은 어디로 갔지?"

클라리사는 이 질문이 정말 싫다. 내 인생의 답을 자기가 갖고 있는 것도 아니면서, 나 없이 알아서 잘 살지도 못할 거면서, 왜 자꾸 내 인생을 갖고 괴롭히는 건가. 내 인생이 어디로 가든 이젠 모르겠다. 오늘 저녁 파티만 성공적으로 끝나면 좋겠다. 그러고 보니, 리처드가 그녀를 댈러웨이 부인이라고 불렀던 그날부터 운명이 바뀐 것 같다. 내가 아닌, 누군가의 거울로, 누군가에게 보여주는 삶을 살아온 것 같다. 뉴욕에서 편집자로 일하며 동성 연인과 함께 살고, 남편 없이 딸아이를 키우며 누려온 이 별일 없는 안락함이 결국은 다 자기 자신이 아니라 지금 이 시대의 요구를 받아들인 결과인 것만 같다. 모든 게 너무나 혼란스러웠다.

리처드에게 오후에 데리러 오겠다고, 그때까지 얌전히 있으라고 단단히 당부해놓고 집으로 돌아가 주방에서 요리를 준비하는 클라리사. 그때 벨이 울리고 첫 손님이 등장한다. 리처드의 옛 연인 루이스다. 샌프란시스코에서 막 도착한 그를 보자 갑자기 온몸이 긴장된다. 애써 감춰왔던 불안이 터진다. 클라리사는 균형을 잃고 휘청인다. 애써 중심을 잡으려 하지만 쉽지 않다. 루이스가 옛날 이야기를 한다.

"그랬었지, 대판 싸우고 그러다 다시 화해하고 밀고 당기고, 너도 알잖아?"

알긴 뭘 알아. 클라리사는 모른다. 서로의 사랑을 확인하려는 끊임없는 밀당을 클라리사는 해본 적이 없다. 그걸 이제야 알다니. 지금껏 무엇인지 몰랐던 커다란 결여의 실체를 이제야 알게 되다니. 책이 입고되어 릴리즈를 마친 날에야 책의 핵심을 드러낼 카피 헤드라인이 생각난 편집자의 얼굴이 그처럼 난망할까.

1923년 영국 리치몬드의 편집자 L

그날 아침, 아내 버지니아가 작업실에 나타났다.

"소설의 첫 문장이 생각났어요."

아내에겐 가장 중요하고도 기쁜 일이겠지만, 남편 레너드는 "잘됐군"이라는 한마디로 일축해버린다. 그에겐 아내의 얼굴이 한층 더 수척해진 게 더 신경쓰이는 일이다. 도시의 소란스러운 생활에 지친 아내를 배려해 이 한적한 시골로 이사까지 왔는데 아내는 도통 나아질 기미가 보이지 않는다.

"당신은 좀 먹어야 해. 노력해봐요."

하녀를 시켜 아침을 올려보내겠다고 하고는, 점심은 다른 부부들처럼 같이 먹자고 했다. 아내는 곤란한 표정을 짓는다. 그게 뭐 그리 어려운 일이라고. 여자가 살림을 챙기고 남편과 마주 앉아 음식을 먹는 조용하고 평범한 일상을 살아내는 것이 그토록 힘든 일인 걸까. 야속하단 생각에 레너드는 가슴이 답답해진다. 레너드가 버지니아와 결혼한 지도 벌써 십 년이 넘었다. 어린 날에 엄마를 잃고 존경하는 아버지와 의지했던 오빠 토비마저 세상을 떠나면서 버지니아의 삶은 심하게 휘청였다. 언니 바네사의 결혼 역시 버지니아에게 커다란 상실감을 안겼다. 레너드는 버지니아를 보살펴주고 싶었다. 버지니아는 빅토리아의 전통과 관습에 갇혀 학교 교육을 받지 못했지만 아버지와 오빠의 지적 유산을 물려받은 재능 있는 작가다. 레너드는 자신이 곁에서 도울 수 있다고 생각했다. 아내를 위해 인쇄기기를 들여 출판사까지 차렸다. 그런데 막상 아내는 시골 생활이 싫다며 다시 런던을 그리워한다. 하루가 멀다 하고 발작적인 신경증을 일으키던 그곳이 뭐가 그립다는 것인지……. 레너드는 그녀의 속을 모르겠다. 버지니아가 원고를 쓰기만 하면 한 문장도 손보지 않고 그대로 출판해줄 텐데. 이제는 어린 시절에 그녀를 괴롭혔던 의붓오빠의 출판사에서 책을 내지 않아도 되는데. 하루라도 마음 편할 날이 있었으면 좋겠다. 자기 소유의 출판사가 있고, 온갖 수발을 도맡아주는 편집자 남편이 있다. 그렇게 운 좋은 여류 작가가 이 아름다운 시골집에서 영양실조와 신경증으로 말라죽어간다는 게 말이나 되는가 말이다. 레너드 역시 신경증에 걸릴 지경이다. 아내의 오늘 컨디션이 어떤지, 원고는 얼마나 진척이 됐는지, 무얼 먹긴 했는지, 혹시 몰래 어디론가 가버리진 않았는지 일거수일투족에 신경을 곤두세우고 있어야 한다.

오후에는 하녀가 잔뜩 긴장한 얼굴로 아내가 사라졌다고

말했다. 레너드는 당장 기차역으로 달려나갔다. 플랫폼에 버지니아가 있는 걸 보니 일단 안심이지만 너무 화가 나서 막말을 쏟아내고 만다. 런던에서 신경쇠약에 발작에다 두 번이나 자살 시도한 당신 때문에 여기에 이사까지 와서 출판사까지 차리고 글만 쓰게 해줬더니 배은망덕하기 짝이 없다고. 그렇게 레너드가 자기 감정을 정신없이 쏟아내고 나니 버지니아가 생기를 되찾은 표정으로 그의 얼굴을 빤히 바라본다.

"난 어둠 속에서 고통받고 있는데 그 고통을 아는 건 나뿐이에요. (…) 제발 내 말에 귀 기울여줘요. 내가 원하는 건 이 적막함이 아니라 그 격렬한 도시의 삶이란 거예요. 나도 이 고요함 속에서 행복하면 좋겠지만 리치몬드와 죽음 둘 중 하나를 선택해야 한다면 기꺼이 죽음을 택하겠어요."

레너드는 고통스러운 표정으로 잠시 침묵한다. 그리고 체념한 듯 말한다. 런던으로 돌아가자고. 버지니아는 그렇게 말한 것으로, 그 말을 레너드가 들어준 것으로, 그리고 런던으로 돌아가자는 말을 들은 것으로 만족한 듯하다. 막 도착한 런던행 기차를 뒤로하고, 레너드의 팔짱을 끼고 플랫폼을 떠난다.

그리고 그날 밤, 울프 부부가 모닥불 앞에서 소설 얘기를 한다. 오늘 아침에 첫 문장을 떠올린 그 소설 속에는 죽음이 등장하기 때문이다. 주인공을 죽일 거냐고, 왜 죽어야 하냐고 레너드가 조심스레 묻는다. 생각에 잠겨 있던 버지니아가 대답한다. 시인과 그의 환상이 죽는다고. 왜 꼭 죽어야 하냐고 다시 묻자 버지니아가 대답한다.

"누군가는 죽어야 남은 사람들이 삶의 가치를 깨달을 수 있어요. Someone has to die that the rest of us should value life more."

그 순간 죽음이 결정됐다. 소설의 주인공인 댈러웨이 부인이 아니라 댈러웨이 부인을 만난 적 없던 어떤 시인이 죽는다. 전쟁에서 돌아온 후 환각에 시달리던 어느 젊은 청년이. 편집자 레너드는 그렇게 아내이자 작가인 여인의 마음을 열고 그녀 혼자 하던 고민 속으로 들어가 중요한 대목을 함께 썼다. 자신이 원하는 것이 무엇인지 알지도 못하고 찾지도 못한 채로 아무도 모르는 고통 속에서 혼자 괴로워하며 그것을 떨쳐내려 안간힘을 쓰는 여인의 삶은 버지니아의 소설 속에서 계속 이어진다.

1951년 로스앤젤레스의 독자 R

로라는 아침에 눈 뜨는 일이 하나도 기쁘지 않았다. 만삭인 탓도 있지만, 몸이 무겁다. 일어나고 싶지 않다. 오늘은 남편의 생일인데 꼼짝도 하고 싶지 않다. 주방 찬장 문이 여닫히는 소리가 거슬린다. 마지못해 일어나 거실로 나가보니 남편이 직접 꽃을 사서 장식해놓았다. 자신이 해야 할 일인데 싫어 미안해진다. 남편은 아이의 아침을 챙기며 아내를 한껏 배려한다. 아내가 편히 지내는 것 외에 그가 바라는 것은 없는 것 같다. 로라는 남편과 아이를 향해 미소 짓지만 그조차도 너무 힘겹다. 미안해요, 고마워요, 사랑해요. 이런 말들을 아무리 해도 그녀의 삶은 밝아지지 않는다. 어둡고 무기력하다. 남부러울 것 없는 잡지책 속 연출된 사진처럼 세팅된 일상을 견디기 어렵다. 무엇이 문제일까.

겉보기에 문제없는 삶이 꼭 행복한 것은 아니다. 그녀는 버지니아 울프가 쓴 『댈러웨이 부인』을 읽고 있다. 그 속에 묘사된 그녀의 말, 움직임, 생각의 흐름을 따라가는 고요한 시간을 갖고 싶다. 오늘 저녁 남편이 돌아오기 전에 생일 파티 준비를 해두어야 하는데, 로라에겐 그것이 너무 힘겨운 일이다.

잔뜩 신경이 곤두선 채로 위태위태하게 버티고 있는 엄마를 아들 리처드가 불안한 눈빛으로 바라본다. 이 아이의 시선에서 잠시라도 해방되면 숨통이 좀 트일까. 아이를 사랑하지 않는 게 아니다. 남편이 싫은 게 아니다. 그저 성실하고 다정한 남편과 사랑스런 아이를 가진 엄마라면 당연히 가지고 있을 거라 여겨지는 주부의 행복한 미소를 지어 보이는 것이 그녀에겐 죽음보다 힘겨운 것이었다.

로라는 줄곧 죽음을 생각했다. 남편의 생일 케이크를 완성해놓고, 아이를 이웃집에 맡긴 뒤 조용한 호텔을 찾았다. 가방 속에는 그녀를 이 삶에서 해방시켜줄 약병이 들어 있었다. 그러나 뱃속의 아이와 함께 갈 수는 없는 일이었다. 그녀는 결심했다. 이 아이만 낳고 이 삶에서 나가겠노라고. 아이를 낳은 후 로라는 바로 집을 나가 캐나다로 가서 사서가 되어 자신의 삶을 살았다. 『댈러웨이 부인』을 읽고 댈러웨이 부인의 삶에서 탈출한 것이다. 과거의 시간을 맴돌며 자기 자신에 대한 질문을 덮어둔 채 의뭉스런 현재를 간신히 견디고 살아가는 댈러웨이 부인의 껍데기를 과감히 벗어버린 것이다. 그녀는 2001년 뉴욕의 댈러웨이 부인, 즉 클라리사의 초대로 아들 리처드의 수상 축하 파티에 참석하기 위해 비행기를 탄다. 남편은 젊어서 암으로 죽고, 리처드의 여동생은 사고로 죽고, 그날 오후 아들 리처드도 죽었다. 파티는 취소되었지만 로라는 나타났다. 클라리사가 로라와 조우하는 장면은 소름이 돋을 만큼 강렬한 인상을 준다. 열심히 만든 책을 꾸준히 읽어준 독자를 만난 편집자의 표정이 저렇겠다 싶다.

사람의 육체는 한정된 시간을 살다 가는 듯해도 어떤 기질이랄까, 영혼이라는 것은 시공의 한계를 벗고 계속 살아가는 듯하다. 육체와 시간의 한계를 가로질러 종적으로 이어지는 어떤 기질은 예술과 이야기의 세계에서 자주 출몰하여 자기도 모르고 있던 누군가를 호출해낸다. 그것도 매번 다른 목소리, 다른 호소력으로.

마이클 커닝햄의 소설 그리고 스티븐 달드리의 영화 〈디아워스The Hours〉를 보고 있으면 영화나 문학 같은 이야기의 세계라는 게 창작자의 손에서 탈고된 채 고정되는 것이 아니라는 실감이 든다. 예를 들어 클라리사가 루이스의 방문을 통해 새삼 가슴 저린 질투심을 느끼는 장면 같은 것은 이 영화를 다시 보면서 비로소 발견한 감정이다. 클라리사의 삶에 결여된 것을 감지한 것도 이번이 처음이었다.

가족 중 가장 먼저 죽음을 생각했지만 가장 늦게까지 살아

남은 로라를 보는 클라리사의 얼굴에 비로소 생기가 도는 이유도 이번에 알았다. 영화의 시작에서 그토록 지친 얼굴로 깨어난 클라리사인데, 루이스의 방문에 흔들리고 리처드의 죽음에 소스라치며 몇 달간 준비한 파티가 취소된 그 폐허와 같은 밤에, 그녀는 갓 꺾어온 들꽃처럼 생생하게 살아 있다. 그날 리처드의 죽음은 1941년 버지니아가 서섹스에서 강물에 몸을 던진 것과 같은 이유였으리라. 지금까지 타인을 위해 살아온 그 사람에게 이제는 자기 삶을 살아갈 힘을 주기 위해서. 자기 자신이 아닌 것에 삶의 이유를 의지해온 이에게 자기 삶을 찾아갈 용기를 주기 위해서.

타인의 자유로운 삶을 위해서 나는 나 자신을 죽이는 용기를 낼 수 있는가? 이 영화를 다시 보는 동안 일어난 새로운 질문이다. 그리고 깨달았다. 문학이 죽고 책이 죽고 작가와 편집자가 다 사라진다 해도 독자는 끝내 살아남는다는 것을.

그래도
써야만 합니다

Les Soeurs Brontë

〈브론테 자매〉
앙드레 테시네, 1979

여자가 글 쓰는 걸 원하지 않는다

〈더 와이프The Wife〉를 봤다. 영화 속의 젊은 여대생 조안은 글쓰기에 재능이 있었다. 담당 교수가 그녀를 각별히 총애한다. 교수는 조안을 데리고 소설 낭독회에 간다. 거기서 자기 작품을 소개하는 선배 작가를 만난 후로 조안은 글을 쓰지 않겠다는 결심을 하게 된다. 선배는 재능 있는 후배로 소개받은 조안에게 진지하게 조언한다. 글을 쓰지 말라고.

"작가라면 글을 써야죠."

조안의 말에 그녀는 코웃음친다.

"작가라면 글이 읽혀야지."

책꽂이에 꽂힌 채 아무도 펼쳐보지 않는 책이 무슨 의미가 있냐는 거다. 왜 안 읽힐까? 원고를 읽어주고 조언해주고 출간을 결정하고, 출판하고, 널리 알리고, 평을 쓰는 모든 일을 다 누가 하는지 생각해보라고. 그들은 여자가 글 쓰는 걸 원하지 않는다고. 온몸이 냉소로 범벅이 된 채 기괴하게 늙은 '여류작가'가 자기 소설을 소개할 때보다 백배는 더 진지한 어조로 말했다.

"네가 글을 쓰고 책을 내길 원하는 사람은 없어."

그 순간 조안은 저 선배의 모습이 바로 자신의 미래라는 걸 알았다. 자신이 여자인 채로 끝내 글쓰기를 고집한다면 말이다.

조안은 그렇게 되고 싶지 않았다. 가장 사랑하는 일을 저토록 경멸하고 냉소하게 된다는 것은 끔찍한 일이다. 이후 조안은 자기 작품의 출판에 대한 꿈은 접어두고 담당교수를 사랑하여 그의 아내로 산다. 출판사에 보낼 작품을 쓰는 대신 그 사무실에 여직원으로 취직하여 베스트셀러를 만들어내기 위해 고심하는 사람들을 위해 커피를 나르고, 책을 내려는 남편을 위해 정보를 수집한다. 작가가 되겠다는 야무진 꿈을 꾸던 여대생의 꿈은 그렇게 '교정'되었다.

음, 내가 보기에 조안의 선택은 나쁘지 않다. 오히려 현명했다는 생각이 든다. 19세기 영국 요크셔 지방의 바람 많고 황량한 하워스 마을에서, 알 수 없는 열망으로 고통스러워하다 요절해버린 브론테 자매를 생각해보라. 그때나 지금이나 젊고 총명한 여인이 자신을 표현하고자 하는 열망에 휩싸인다는 것은 위험하고 성가시며, 어쨌든 여러모로 삶이 불편해지는 일이다. 〈더 와이프〉를 보고 돌아온 밤에 〈브론테 자매〉 DVD를 찾아서 다시 보았다. 이자벨 아자니와 이자벨 위페

르의 어린 시절을 볼 수 있는 귀한 작품이라 간직하고 있었지만, 다시 보니 이제는 전에는 안 보이던 편집자가 보인다. 주로 목소리로 출연하고, 잠깐 모습을 드러낸다 해도 고작 옆모습 정도지만, 아직 책의 세계에 이름을 올리지 못한 작가에게 그는 최대 권력자다. 글쓰기에 재능 있는 그 여인이 계속 쓰게 할지, 멈추게 할지를 그의 말 한마디가 결정한다. 그에게 그런 권력을 부여하는 사람은 결국 작가 자신이겠고.

〈더 와이프〉속 조안은 편집 권력에 맞서지 않았다. 덕분에 생활고에 시달리는 일 없이 풍족하게 살고, 남편이 노벨문학상 타는 것도 보고, 남편보다 더 오래 살았다. 폭풍의 언덕에 살던 브론테 자매는 어땠을까? 남동생 또는 오빠보다 성공하면 어쩌나 전전긍긍하고, 하나같이 폐병에 시달리다 요절했다.

편집자의 편지 : 그래도 써야만 합니다

"사우디에게서 편지가 왔어."
샬롯이 말하자 에밀리가 깜짝 놀란다.

"정말? 브란웰이 좋아하겠다!"

런던의 편집자 사우디에게서 브론테 가에 편지를 보냈다면 그건 당연히 브란웰에게 온 거라고 에밀리는 생각한다. 하지만 그건 언니 샬롯에게 온 거였다. 샬롯은 편지를 얼마나 여러 번 읽었던지 편지 내용을 통째로 외고 있다.

당신은 시를 쓸 사명을 지녔습니다. 이 의견을 번복하지 않겠습니다. 요즘에는 특이한 일도 아니지만요. 이 방면에서 재능을 찾으려는 이는 그만큼 어려움을 각오해야 하지요. 저는 문학에 종사하는 사람으로서 당신께 충고할 의무감을 느낍니다. 오직 기쁨으로 시를 쓰길 바랍니다. 유명인사가 되려고 하면 안 됩니다. 문학은 여성의 취미가 아니며 그래서도 안 됩니다. 시골 여성에게는 의무는 많고 여가는 부족하겠지만 그래도 써야만 합니다. 즐거움이나 사소한 일이라도. 나는 당신의 재능이 작다고 생각하지 않습니다.

이 편지를 읽어내려가는 샬롯의 얼굴에는 기쁨만큼이나 그늘이 가득하다. 출판사에 자기 작품을 보내고 이런 답장을 받은 게 너무나 죄스러워 어쩔 줄 모르는 샬롯. 브란웰이 볼까 두려워 얼른 편지를 뒤로 숨긴다. 브론테 가에서 예술가로 성공하는 사람은 브란웰이어야 했다. 어려서부터 기대받은 사람은 브란웰이었다. 여자가 성공을 원하는 것 자체가 금기였다. 하지만 샬롯은 세상으로 나아가고, 문학의 세계에 속하길 원했다. 황량한 하워스 마을을 벗어나 진짜 자기가 있어야 할 어떤 세계를, 그것의 실체가 무엇인지 모른 채로 끝없이 갈망했다. 하지만 어려서 두 언니의 죽음을 본 샬롯에게는 자신과 동생들을 보살피고 이끌어야 한다는 책임감이 있었다. 그녀는 집을 떠나고 싶어 했지만 맏딸로서의 의무 때문에 마음이 늘 집에 묶여 있었다.

둘째 에밀리는 자매들의 영원한 애정을 원했고, 막내 앤은 별로 말이 없었다. 자매 중 시적 재능이 가장 뛰어났던 에밀리는 늘 뭔가를 썼지만 남에게 (심지어 언니에게조차도) 보여주려 하지 않았다. 그녀는 황야를 헤매며 늘 뭔가를 찾아다녔는데, 그렇게 해서라도 마음을 가라앉히지 않고서는 어쩔 도리가 없었던 것 같기도 하다. 남성이 아닌, 여성인 자신이 가진 열망과 재능을 세상이 기껍게 받아들이지 않는다는 것을 본능적으로 알았던 듯하다. 다 소용없고 의미 없다는 체념 때문일까. 막내 앤은 언제나 말이 없었지만 자매 중 가장 강인했다.

언니들은 6개월을 넘기지 못하고 그만두곤 하던 가정교사 일도 앤은 5년이나 묵묵히 해냈다고 한다. 샬롯과 에밀리가 고향집에 기숙학교를 세울 계획을 세운 것도 그나마 믿을만했던 앤이 있었기 때문이 아니었을까?

기숙학교에서 두 언니를 잃은 샬롯과 에밀리에게는 좋은 학교에 대한 꿈이 있었다. 좋은 교육과 보살핌은커녕 영양실조와 결핵으로 언니들을 죽게 한 기숙학교를 경험한 자매였다. 기숙학교 생활을 못 버티고 도중에 돌아온 샬롯과 에밀리는 집에만 틀어박혀 브란웰과 앤을 돌보면서 자기들만의 세계를 가꾸며 자랐다. 하지만 아버지 서재의 책과 자매들끼리의 연극 놀이로는 만족할 수 없는 순간은 찾아오기 마련이었고, 샬롯과 에밀리는 이모를 설득해 브뤼셀로 유학을 간다. 기숙학교를 세우려면 학부모들이 보기에 경쟁력 있는 선생이 될 필요가 있다는 구실을 붙였다. 계속 글을 쓰라는 편집자의 편지가 샬롯에게 결정적으로 용기를 불어넣었을 것이다. 어려움을 각오하고 해나가야만 하는 일을 위해 세상 속에 자신을 던지는 모험을 하려고 – 남자에게는 너무도 당연했을 일인데 – 그녀가 얼마나 큰 용기를 내야 했을지, 어렵지 않게 짐작할 수 있다. 여자라면.

정체를 알 수 없는 작가 셋

샬롯은 자매들의 성장과 그녀들이 활약할 넓은 세계를 원했다. 하워스 마을에서는 결코 찾을 수 없는 것이었다. 지적 자극을 주고 좀 더 나아지도록 노력하게 만드는 사람을 간절히 원했다. 그녀는 출판사에 편지를 보내고 교수를 사랑한 것이다. 잡지사나 출판사의 편지, 특히 교수의 답장을 기다리는 그녀의 모습은 요샛말로 '세상 가련'하다. 공식적인 관계로 만날 수 있는 남자로는 아버지나 형제 외에 선생이 유일했기 때문에 그녀의 사랑은 그리로 흐를 수밖에 없기도 했으리라. 그런데 브뤼셀 기숙학교의 에거 교수는 에밀리만 좋아했다. 에밀리를 공개적으로 칭찬하며 피아노 선생으로 취직시켜주겠다고도 했다. 하지만 에밀리는 그런 인정과 칭찬을 달가워하지 않는다. 남들 앞에서 주목의 대상이 되고, 치켜세워지는 걸 좀처럼 견디지 못한다. 에밀리는 하루빨리 고향으로 돌아가고 싶어 했다. 브뤼셀에 남아 교사로 일하고 싶어 한 건 샬롯이었다. 그런데 에거 교수는 어쩐지 샬롯에게 유난히 냉정하게 군다.

샬롯이 무언가를 원하면 세상은 차갑게 반응했다. 단 한

번, 무심코 저지른 오타처럼 나타난 어느 다정한 편집자의 편지를 빼고는. 어쩌면 세계 어딘가에서 '젊은 여성이 스스로 원하는 걸 찾아내고 그걸 성취하는 것을 막아내자'는 주제로 지속적인 회담을 열고 있는 게 아닐까 싶을 정도다. 막내 앤은 흔들림 없이 가정교사 역할에 충실하다. 그녀는 자신에게 주어진 삶의 제한성을 일찍이 체념하듯 받아들인 표정이다. 이처럼 브론테 자매가 세상을 경험할 수 있는 공간이라야 기숙학교 교사나 가정교사로 일하는 것뿐이었다. 그런데 그마저도 안정을 찾을 새 없이 불행이 계속 찾아든다. 이모의 죽음, 술과 아편으로 점점 망가져 가는 브란웰이나 아버지의 병고 등 힘겨운 일이 자매들을 고향집으로 계속 불러들였다. 차례로 가족을 찾아오는 죽음의 행렬 속에 자매들은 삶이 아무것도 아니라는 걸 사무치게 체감한다.

너무도 허망했다. 다시 살아갈 힘을 얻기 위해서라도 자매는 다시 뭉쳐야 했고, 그녀들을 뭉치게 하는 건 셋 모두 글 쓰는 데 재능 있다는 것뿐이었다.

세 자매는 함께 시집을 내고 앞서거니 뒤서거니 소설을 발표했다. 세상의 관심도 무관심도 두려웠으나 애매한 가명으로 방어막을 쳤다. 『폭풍의 언덕』(엘리스 벨), 『아그네스 그레이』(액튼 벨), 『제인 에어』(커리어 벨). 영국 출판계를 발칵 뒤집은 작품들이다. 출판사 사람들은 혜성처럼 나타난 이 작가들이 남자인지 여자인지를 놓고 언쟁을 벌였고 혹시 형제나 오누이 또는 부부가 아닌지 궁금해했다. 이 세 사람의 작가가 한 사람이라는 설도 나왔다. 작가에 대한 여러 가지 소문이 일파만파로 퍼져나가고 미국에서는 『제인 에어』 작가의 후속작 판권을 따내려는 경쟁도 붙었다. 그런데 이들의 작품을 담당한 편집자들은 아직 벨 씨가 누군지를 모른다. 그래서 그들은 벨 씨의 주소지인 요크셔의 하워스 마을에 편지를 보내기로 했다. 런던을 꼭 한번 방문해달라고.

애매한 가명으로 작품을 발표한 자매들은 출판사에서 온 편지를 계기로 런던행을 결심한다. 샬롯을 두렵게 하는 걱정거리는 하나뿐이다.

"브란웰이 겁나. 만약 브란웰 귀에 들어간다면 큰일이 날 거야."

하지만 브란웰은 아편에 취한 채 세상일에 관심이 없는 상태였다. 에밀리는 이 여행이 탐탁지 않다.

"왜 우리가 편집자들의 언쟁에 끼어야 하지? 그들은 우리

책을 출판하거나 거절하거나 할 뿐이잖아."

둘 사이를 중재하는 건 앤이다. 런던에 가는 문제로 다시 말싸움하지 말자고 한다.

"샬롯 언니 뜻대로 될 거야. 에밀리 언니에 대해서는 말 안 하면 되잖아. 엘리스 벨이 존재한다고만 하면 돼. 더 말할 필요도 없고."

그렇게 해서 샬롯과 앤이 런던의 출판사를 찾아가게 되었는데, 문을 지키고 있던 비서가 뚱한 표정으로 자매들을 쳐다보더니 들여보내지 않는다. 용건이 뭐냐, 약속은 잡았냐 까다롭게 굴면서 마냥 기다리게 한다. 한참을 기다리게 하더니 결국, 마지못해 들어가 보라고 하면서 문도 안 열어준다. 샬롯이 기가 막힌다는 표정으로 직접 편집장의 사무실 문을 밀고 들어갔다. 스미스 씨는 고개도 안 든 채로 무슨 일이냐고 묻는다. 샬롯이 그의 책상 위에다 그가 보낸 편지를 내려놓자 그제야 고개를 들고 묻는다.

"이 편지 어디서 났소?"

그들이 그토록 궁금해 하던 존재의 실체가 몸소 찾아와주셨는데 반응이 이따위라니. 하긴 그 대단한 필력과 신비에 싸인 작가들이 이토록 평범한 시골 여성들일 거라고는 생각도 못 했을 테니 당황스러웠을 것이다.

"저희 세 자매예요. 남자는 없어요."

세상의 수많은 샬롯을 위하여

런던을 방문한 이후로 자매의 일상은 어떻게 되었을까? 에밀리도 앤도 결핵으로 세상을 떠나고, 혼자 남은 샬롯은 오페라에 초대되는 등 예술가들의 사교무대에 모습을 드러내기도 했지만 그녀 역시 삼십대 후반의 젊은 나이에 세상을 떠나고 만다. 그토록 많은 논란을 불러일으켰던 작가 벨 씨도 황량한 시골에서 어렵게 지내던 자매라는 것이 밝혀진 후로는 더 이상 주목을 받지 못했다.

시대가 만들어놓은 감옥 속에서 온전한 자신으로 사는 일이 그토록 어려웠던 자매들의 분투는 언제쯤 답장을 받게 될까. 세상의 수많은 샬롯이 두려움이나 걱정 없이 재능을 칭찬받고 격려받을 날은 언제쯤일까. 예민하지만 예술적 열정을 가진 에밀리 같은 여인들이 자기 속에 들끓는 열망을 가라앉히기 위해 애쓰다 미쳐버리는 일 없는 세상은 언제나 올까. 지금 그녀들은 어떤 편지를 받고 있을까. 그녀들의 편집자는 누구일까. 그것이 궁금하다.

좋아하는 게
중요해

The Great Passage

〈행복한 사전〉
이시이 유야, 2013

현재를 살아가는 사전 만들기

소설 『배를 엮다』의 작가 미우라 시온은 내 또래고, 이 작품으로 영화를 만든 이시이 유야는 내 동생 또래다. 동시대를 살아가는 사람들이라서 그런가, 책도 영화도 딱 맞는 옷을 찾아 입은 듯 편안하다. 그런데 궁금한 게 있다. 요즘 젊은 세대도 이 영화에 공감할지……. 영화의 주인공 마지메에게 일보다 중요한 건 아무것도 없다.

줄거리는 간단하다. 일본 대형출판사의 '못 나가는' 영업부 사원이던 청년 마지메가 어느 날 우연히 사전편집부로 스카우트되면서 파란만장한 편집자의 길을 걷게 된다는 이야기다. 출판 관계자나 지망자라면 흥미를 가질 법한 배경이지만, 이 영화에 담긴 시대정신이랄까, 삶의 태도에까지 공감하기는 어쩌면 어려울 수도 있다. 워라밸을 추구하는 오늘날 젊은 세대의 감각으로는 벌써 '후진', 꼰대 같은 태도가 되어버렸을 수도 있겠다.

마지메는 일에 미친 사람이다. 원래 그랬던 건 아니고, 사전편집부의 일원이 되면서 편집 업무에 완전히 매료돼서. 언어학으로 대학원 과정까지 마쳤다는 마지메를 스카우트하러

온 아라키가 그에게 이렇게 묻는 장면이 있다.

"자네, 사전을 좋아하나? 단어를 좋아하는 게 중요해."

이때의 아라키는 정말 절박해 보인다. 퇴직이 코앞으로 다가와 있고, 퇴직 후엔 집에서 아픈 아내를 돌보는 데 전념할 예정이기 때문에 이 일을 물려줄 믿을 만한 후임을 구하는 것이 시급했다. 아라키가 책임을 맡아 온 현대 일본어 사전『대도해』의 출간에 차질이 생기는 것을 바라지 않기 때문이다. 회사에서는 사전편집부의 폐지까지 생각하고 있는 상황이라 아라키는 찬물 더운물 가릴 처지가 아니었다. 어쨌든 마지메를 영입한 것은 탁월한 선택이었다. 사전편집부에서 객원 편집주간으로 일하는 마쓰모토는 마지메 환영 회식에서 이렇게 말한다.

"단어의 의미를 알고 싶다는 건 누군가의 마음을 정확히 알고 싶다는 것이죠. 그건 타인과 연결되고 싶다는 욕망 아닐까요? 우리는 지금 현대를 살아가는 사람을 위한, 현재를 사는 사전을 만들려는 것입니다."

조촐한 회식이 이루어지는 테이블 밑으로 마지메가 주먹을 움켜쥐는 모습이 화면에 잡힌다. 마지메는 눈을 뜨면 사무실로 갔다가 저녁이 되면 다시 사무실로 돌아오기 위해 집에

가는 사람이 된다. 그런 삶이 뭐가 재미있을까 싶지만, 마지메에겐 이보다 더 중요한 일이 없다. 누군가의 마음을 정확히 알고 싶다는 것은 내 마음을 정확히 전달하고 싶다는 것과도 같다. 서로를 이해하기 위해서는 말을 정확하게 읽고 써야 하고, 그러려면 그 모든 말이 담겨 있는 정확한 사전이 기준이 되어야 할 것이다. 그렇게 중차대한 일을 맡았다는 사실이 마지메의 가슴을 벅차게 했다. 회식이 끝난 후 서점에 들러 양손 가득 사전을 사 들고 하숙집으로 돌아갔을 때 하숙집 할머니가 말했다.

"이미 이렇게 많은데 또 사?"

하숙집은 이미 마지메의 책이 꽉 들어차 통로조차 막혀버릴 지경이 되어 있다. 마지메는 의기양양하게 말한다.

"현재를 살아가는 사전이거든요."

하숙집 할머니는 자부심 가득한 마지메의 표정을 놓치지 않는다.

"멋진데!"

나도 이제는 안다. 어른의 눈에는, 열정을 바칠 그 무엇을 막 찾아낸 젊은이의 얼굴만큼 아름다운 것은 없다는 것을. 멋지다! 열심히 살지 않겠다고 열심히 외쳐대는 90년대생이 들으면 절레절레 고개를 내젓겠지만(현재의 사전을 만들기 위해 애쓰는 사람들이 옹기종기 모여 있는 편집실은 이미 과거의 풍물이 된 것인가?).

좋아하는 것이 중요하다

아라키 부장이 드디어 퇴직을 하게 되었다. 마쓰모토 주간은 아라키가 떠나는 것은 자기 몸의 절반을 잃는 것이나 다름없다며 슬퍼했다. 38년간 사전편집부에서 혼신을 다해 일했지만 퇴임식이라고 해봐야 팀원들끼리 조촐하게 치르는 저녁 자리가 전부다. 마지메와 니시오카(니시오카는 마지메의 동료다)가 아라키 부장의 퇴임을 지켜보는 심정이 제각각이다. 니시오카는 "38년 사전 외길이라니, 다른 재밌는 일도 많을 텐데……"하고 진심으로 안타까워한다. 표정을 보아하니 마음속에선 '저게 우리의 미래란 말인가' 하고 절망하고 있는 게 분명하다. 마지메는 회식을 마치고 심란해하는 니시오카를 버려두고 사무실로 돌아간다. 마침 아라키 부장도 곧장 집으로 가지 않고 사무실로 돌아왔다. 그가 마지메에게 다가가 물

건 하나를 건네주려 한다. 뭘까? 후배에게 주는 선배의 유산 같은 걸 테다. 뭘까? 저게 뭐지? 궁금해서 뱃속이 간질간질해 지려는데 아이고, 그건 너덜너덜 후줄근해진 팔토시였다. 그걸 쑥스러운 듯 전하면서 아라키 부장님이 말씀하시기를 "자네의 사전을 만들어주게"라고 했다. 우리의 섬세한 마지메 군을 또 한 번 불끈 주먹 쥐게 만든 순간이다. 사전 만드는 일에 평생을 바치리라고, 마지메는 마음속 깊은 맹세를 한다.

"마지메는 행복한 거야. 젊은 나이에 할 일을 찾은 것만으로도. 앞으로 쭉 나아가기만 하면 되잖아."

하숙집 할머니의 축복이 별빛처럼 반짝이던 밤이었다. 이미 별처럼 많은 사전이 있었고, 그 수많은 별이 수없이 졌다고 해도 상관없다. 지금 이 순간, 새 별은 또 다시 태어나야 한다. 그래야 몇 만 광년 후의 하늘에도 은하수가 흐를 테니까.

집에 책이 가득해서 발 디딜 틈도 없는데 마지메는 왜 또 새 책을 사서는 책 놓을 자리를 못 찾아 전전긍긍하는가. 서점에 사전이 넘치도록 많은데, 창고에 아직 안 팔린 사전이 가득한데 출판사는 왜 또 사전을 만든다는 것인가. 말은 살아 있는 생물처럼 계속 변하는 거라서 궁극적으로는 완성이 불가능한 것이 사전이라면서. 매일매일 수 백 권의 신간이 쏟아져서는 그럴듯한 서점 매대에 한번 누워보지도 못하고 사라지기 일쑤라는데 왜 너까지 책을 만들고 앉았는가. 대체 왜들 그러는 건가. 이해가 안 된다는 말을 참 쉽게도 하고, 참 아무렇지도 않게 듣는다. 그런 말을 들을 때면 나는 속으로 묻는다.

'지구상에 사람이 이토록 많은데 당신까지 살아야 하는 이유는 뭐지? 어차피 언젠가는 죽을 건데 왜 꾸역꾸역 살아가지?'

나는 이렇게 험악한 소리밖에 생각해내지 못했지만 마쓰모토 편집주간님은 매우 아름답게 표현하셨다.

"책을 만든다는 것은 실천과 사고의 지치지 않는 반복입니다……. 어딘가에서 절충을 해야 합니다. 사전은 진실한 의미에서 완성을 하지 못하는 서적입니다……. 우리는 여기까지 하고, 그다음은 세상에 물어보는 겁니다."

대충 이렇게 기억을 하는데, 정확한지는 모르겠다. 이게 정말 마쓰모토 주간의 말이었는지도 확실치 않다. 확실한 건 사랑에 빠진 마지메에게 건네진 말이라는 점이다. 마쓰모토 주간은 사전을 만드는 사람은 모든 걸 사전에 걸어야 한다고 했다. 자신의 시간과 돈, 가진 것 모두를 사전 만들기에 걸어야 한다고. 그렇기에 그런 삶의 방식을 이해해줄 상대를 만나야 한다고 했다. 그런 의미에서 마지메는 운이 좋았다.

실천과 사고의 지치지 않는 반복을 거듭하다가 어느 지점에서 일단락을 지어 세상에 내놓고, 그다음은 세상에 물어보고, 처음부터 다시 시작하고, 그러다 시간이 되면 그다음은 후대에 맡기고 떠나는 것. 우리가 하는 일, 살아가는 일이 바로 그런 것 아닐까? 그렇다면 마지메를 찾아간 아라키의 말이 맞다.

"좋아하는 것이 중요합니다."

지치지 않고 계속하려면, 어차피 완성되지 못하는 것을 지치지 않고 계속 만들려면, 자신의 모든 것을 다 쏟아붓고도 나중에 후회하지 않으려면, 그 일을 좋아하는 것이 중요하다.

좋아하는 걸 하게 해주는 꼰대

영화 속 마지메와 그의 팀원들은 포기를 몰랐다.

"말이란, 말을 다루는 사전이란 항상 개인과 권력, 내적 자유와 공적 지배의 틈새라는 위험한 장소에 존재하는 것이죠."

뭔 말이지? 그러나 어쩐지 근사하지 않은가. 그런 중요하고도 예민하고 위험한 것을 다루는 일이라니. 정확히 뭔지 모르지만 어쩐지 중요한 것 같으니까 나라도 열심히 해본다는 그런 자세도 참 근사한 것 같다. 현재를 살아가는 사람들이 이 시대의 바다를 함께 건널 수 있는 촘촘한 언어의 배를 만들기 위해 끊임없이 애를 쓰지만 정말 그것이 가능한 일인지, 끝날 수 있는 일인지는 아무도 장담하지 못한다. 다만 마쓰모토 주간은 언제 어디서나 새로운 단어를 접할 때면 어김없이 "용례 채집"이라고 구호를 외치고 낱말 카드에 단어를 적어넣는 신성한 의식을 거행한다.

이 낱말 카드를 전달받은 팀원들은 다른 사전들이 이 낱말을 어떻게 풀이하고 있는지 찾아보고, 더 새롭고 정확하며 누구도 상처받거나 배제되지 않는 풀이를 고안하며, 더 적합하고 쓸모있는 용례를 담으려 애쓴다. 이들은 새로운 낱말을 채집하기 위해 일부러 낯선 장소에 가기도 한다. 일단 사람들이 사용하는 말이라면 어떤 말이든 존중하여 사전에 반영하려 했고, 바람직하지 못한 단어라면 다른 좋은 표현을 제안하려 골몰했다. 아라키 부장은 퇴직 후에도 계속 편집부와 끈을 놓지 않고 있다가 아내가 세상을 떠난 후 다시 돌아와 사전편집 일을 도왔다. 마쓰모토도 아라키도 마지메도 '회사' 자체를 중요하게 생각하지는 않는 것 같았다. 회사란 그저 이 일을 할 수 있게 해주는 '장치'를 의미할 뿐이었다. 이 일을 먼저 시작한 사람과 나중에 시작한 사람들이 그 장치를 통해 이어져 (그리고 어쩌면 다음에 이어갈 사람과도) 지금 각자에게 주어진 순간을 최선을 다해 서로 도우며 함께할 뿐이다. 이 일을 좋아하고 사명감을 가졌기에 잘해내고자 할 뿐, 다른 삿된 마음이 없다. 자신이 원하는 일에 초점이 맞춰진 선명한 시간들은 삶을 간결하고도 풍성하게 만든다.

그래, 안다. 그대는 원하는 것도, 하고 싶은 것도, 사명감 같은 건 더더욱 없고, 투자한 만큼의 성과나 노력에 대한 대가가 불분명한 일에 괜히 힘 빼는 일 따윈 하고 싶지 않다고, 그렇게 살아도 지장 없다고 마음껏 뇌까리려라. 누구나 한때는 그런 법이고, 주인공 마지메도 사전편집부에 오기 전까진 그랬다. 그렇게 살아도 죽지 않고, 나쁘지 않고 괜찮게 살 수 있는 세상이 바야흐로 와 있다는 것도 새삼 놀랍지만. 뭐, 그런 세상에 청춘으로 살고 있다니 축하드린다. 주먹을 불끈 쥐게 만드는 가슴 뛰는 일을 만나지 못해도, 모든 걸 다 불태울 듯 열정을 내지 않아도, 나름대로 잔잔하게 살아갈 수 있다니 참 다행인 일이다. 하마터면 열심히 살 뻔했는데 다행히 열심히 살

기회를 피해서(혹은 놓쳐서) '개이득'이라고 생각한다면 그건 그거대로 존중받아야지. 다만 그런 잔잔한 삶을 가능하게 만들어온 사람들을 기억해보는 것도 썩 나쁘지 않은 일이 아니겠느냐고, 꼰대스럽게 한번 스리슬쩍 중얼거려보고 싶었던 것뿐이다. 기왕 꼰대가 되었으니 아라키 부장이 마지메에게 한 것처럼, 그가 좋아하는 걸 하게 해주는 꼰대가 될 수 있으면 좋겠다고 바란다. 말을 다루고 이야기 만드는 일을 좋아하는 '요즘 젊은이'를 내게 보내달라고 기도한다. '어? 난데?'라고 생각하시는 분은 연락 바란다.

소중한 당신과
당신의 책

Miss Potter

〈미스 포터〉
크리스 누난, 2006

엄마는 포기하지 않는다

베아트릭스의 어머니가 유산을 들먹이며 딸의 의지를 꺾고자 한 건 그녀가 노먼과 결혼하겠다고 했기 때문이다.

"그러면 유산 상속을 포기한 걸로 알겠다."

베아트릭스는 그제야 자신이 인세로 받을 돈이 얼마나 되는지를 알아보러 출판사에 간다. 평생 돈 걱정 없이 살 정도라는 걸 확인하자 자신감이 생겼다. 그래서 어머니가 제시한 석 달 간의 유예기간을 허락했다. 이 여름이 지난 후에도 그 사랑이 변함없으면 결혼하라는 것이었다. 그런데 노먼은 그사이병을 얻어 세상을 떠나고 만다. 믿기지 않을 만큼 허망한 죽음이었다. 베아트릭스는 노먼과 함께 만든 책 속의 주인공인 동물들을 만났던 힐탑 농장이 경매에 나오자 그 땅을 사들인다. 어머니는 놀라서 묻는다.

"잔금을 어떻게 갚으려고 그러니?"

사실 어머니의 이 질문에는 두 가지 뜻이 담겨 있다. 겉으로는 '왜 부모와 상의도 없이 그런 결정을 했느냐'는 질책이지만 그 속엔 '역시 넌 내 도움 없이는 안 되지?' 하는 은밀한 기쁨이 숨겨져 있다. 그러나 딸은 그런 어머니의 기대를 처참히 밟아드린다.

"이젠 어떻게든 혼자 살아가야죠."

그 순간 어머니는 얼마나 기가 막혔을까. 실망했음이 분명한 어머니. 그러나 그녀도 지지 않고 씩씩하게 받아친다.

"그래야겠구나."

농장을 산책하는 베아트릭스의 모습 위로 순식간에 흘러간 모녀간의 이 살벌한 대화가 내 머릿속에는 너무도 생생히 각인돼 있다. 자식의 인생에 편집권을 행사하는 부모의 견고한 보호막(또는 방해막?)을 찢고 자기 삶을 스스로 꾸려나가고픈 자식의 심정이 너무도 잘 그려진 탓일 테다.

사람 같은 그림, 그림 같은 사람

〈미스 포터〉의 연출을 맡은 크리스 누난 감독은 일찍이 〈꼬마 돼지 베이브〉로 깊은 인상을 남긴 사람이다. 그가 화면에 담아낸 아름다운 자연의 모습은 망막에 오래 머물러 세월이 흐르는 동안 혹시 내가 봤던 게 실사영화가 아니라 애니메이션이었던 게 아닐까 하는 의구심을 자아낼 정도다. 그런 그가 10여 년 만에 선택한 작품이 〈미스 포터〉다. '피터 래빗 이야기'로 유명한 그림책 작가 베아트릭스 포터의 삶이 그림처럼 담긴 작품이다.

베아트릭스 포터가 창조한 그림책 속 주인공들은 실제로 살아 있는 것처럼 움직이고, 실제로 살아 숨쉬는 영화 속 인물들은 판에 박힌 듯 전형적이다. 빅토리아 시대 상류층 부인의 전형적인 요란함과 지루함을 보여주는 어머니, 상류층 가문에서 태어나 주어진 대로 사는 것에 별로 저항하지 않고 그럭저럭 살아온 과묵한 아버지가 있다. 그리고 그들의 딸로서 맡겨진 바의 배역을 순순히 연기하지 않는 베아트릭스가 나온다. 귀족 가문의 남자와 결혼하여 부모가 누려온 평온한 삶을 그대로 재현하는 것만이 베아트릭스에게 기대되는 전부였지만, 누구나 예상하듯 그녀는 부모의 기대를 고분고분 충족시켜주는 딸이 아니다.

부모 세대와 자녀 세대의 세계관 내지 가치관의 차이는 세상 모든 가족 드라마에 디폴트값처럼 내재한 갈등 구조이지만, 어째서 이런 갈등 양상은 아무리 봐도 질리지를 않는 걸까. 아무리 품위 있게 다툰다 해도 가족 간의 다툼이 감정적으로 흐르는 이상 결국 막장이 되는 상황을 피할 수 없다. 그 지점에 이르기까지의 갈등이 격렬해지는 과정이 보는 사람의 심장을 쫄깃하게 한다. 결코 좁혀지지 않을 것 같은 간극도 세월 앞에선 힘이 없다. 자식은 자라고 부모는 늙는다. 양쪽의 힘이 팽팽한 시기는 눈 깜짝할 새 지나가버려서 서로 열렬하게 싸우던 시간마저 그리워하게 만들고 만다. 그리고 그 틈에 살짝, 아주 잠깐 꿈처럼 흘러갔지만 평생을 간직할 만한 노먼과의 로맨스가 들어 있다. 이후 나머지 삶의 배경은 영국 북서부의 대자연이다. 이게 영화의 줄거리다. 베아트릭스는 사랑하는 사람을 잃었지만 그 상실감을 동력 삼아 이제는 세계의 유산이 된 아름다운 땅을 일구고 지켜냈다.

　세상 돌아가는 일이란 게 매우 복잡해서 도무지 알 수 없을 것 같다가도 돌아보면 어이없을 정도로 단순한 것이었다는 생각을 하게 되곤 한다. 작용과 반작용의 셈이 어찌나 정확한지, 내가 지금까지 버틴 것은 나를 억누르는 힘이 있었기 때문이라는 걸 깨달았을 때의 황망함이란! 베아트릭스는 부모세대의 낡은 기대를 거부하며 힘을 키웠다. 노먼이 베아트릭스와 함께 일군 성과는 그의 형들이 막내의 실패를 예상했기에 일어난 기적이었다. 인정해주지 않으려는 힘 때문에 인정투쟁이 일어난다. 베아트릭스와 노먼은 맺어질 수 없는 사이라 규정되었기에 의기투합하게 하게 되는 운명을 갖는다.

아무도 기대하지 않았다

베아트릭스는 어린 시절에 런던을 떠나 시골로 가서 자연 속에서 마음껏 뛰어놀았다. 베아트릭스의 남동생은 곤충에 흥미를 보였고 부모님은 그를 '미래의 곤충학자'라고 했다. 베아트릭스는 동물과 식물을 관찰하고 그것을 그리는 것을 좋아했다. 그런 그녀를 부모님은 '미래의 현모양처'라고 했다. 그녀는 나이 서른이 되도록 자기 방에서 식물과 동물을 그리는 일에 열중했다. 어머니는 그녀가 그림 그리는 것을 말리지는 않았지만 칭찬하지도 않았다.

"예쁘긴 한데 예술이라고는 못 하겠다."

그래서 베아트릭스는 혼자 그림 그리는 것에 만족하지 않고 책을 내는 것에 집착한다. 세상에서 인정받으면 부모님도 알아주실 거라고 생각했던 것이다. 마침내 그녀가 책을 내고 사람들 사이에서 화제가 되자 아버지는 그제야 서점에 가서 딸의 책을 사가지고 와서는 한마디 해준다.

"내가 못 이룬 꿈을 네가 이뤘구나. 자랑스럽다."

그때 어머니의 얼굴에 나타난 감정은 '당황'이다. 딸이 담장 밖에서 이룬 성취를 어머니는 달가워하지 않는다. 그것은 어머니가 아는 '여자의 인생 목록'에 존재하지 않는 것이었으므로. 자신이 경험하지 못하는 세계에 딸이 속한다는 것을 어머니는 받아들이려 하지 않는다. 딸이 자신의 손아귀를 벗어난다는 것은 어머니로서 커다란 상실이므로. 그래서 마지막 수단을 써본다는 것이 '유산'을 가지고 협박해보는 것이지만 이미 소용없는 일이었다. 어머니가 느꼈을 그 순간의 좌절을 이해한다. 그러나 딸로서는 세상 짜릿한 성공이다.

노먼이 형들이 운영하는 출판사에 와서 처음 맡은 일이 베아트릭스의 책을 만드는 일이었다. 형들은 막내의 실패를 기대했기에 안 팔려도 상관없는 무명 '여류 작가'의 책을 맡겼다. 베아트릭스로서도 경험 없는 초보 편집자가 자신의 책을 맡은 것이 마뜩치 않았다. 그런 마음을 노먼은 이 한마디로 단번에 돌려놓는다.

"모두들 기대 안 하겠지만 멋지게 해냅시다."

기대받지 못하기에 잘해내고 싶은 마음. 상처의 무늬가 같은 사람끼리 마음을 맞추면 사실 못 해낼 일이 별로 없다. 그렇게 베아트릭스의 첫 번째 책이 성공하고, 가족들을 향한 인정투쟁에도 성공했으니 이제는 헤어져야 할 때일까. 그런데 노먼은 베아트릭스와 계속 책을 만들길 원한다. 베아트릭스는 궁금하다. 이 사람은 내 이야기를 좋아하는 걸까, 아니면 나한테 관심이 있는 걸까. 베아트릭스는 노먼이 자신의 동물 친구들 이야기에 계속 관심을 갖는 진짜 이유를 알고 싶어 한다. 노먼은 완벽한 답을 준다.

"내겐 당신과 당신의 책, 둘 다 소중합니다."

저자를 향한 편집자의 마음도 베아트릭스를 향한 노먼의 마음과 같은 것이 아닐까 싶다. 편집자에겐 저자와 함께 만드는 책이 소중한 만큼 작가라는 사람 자체도 소중하다. 너무 갖다 붙이는 거 아니냐고 말할지도 모르지만, 베아트릭스의 삶이라는 이야기에서 노먼이라는 인물의 굵고 짧은 등장은 어쩌면 한 사람의 작가와 그의 작품을 세상에 내보낸 편집자의 운명을 상징하는 것만 같다. 편집자의 필요와 작가의 결핍이 어느 순간 운명처럼 들어맞아 어느 한 시절, 서로가 한몸처럼 목표를 향해 같이 달려나가지만, 그 여정이 일단락지어지고 나면 어느 쪽이든 굳이 의도하지 않아도 헤어짐의 시간은 찾아오기 마련이다. 오해 또는 아쉬움 혹은 미련을 남긴 채 돌이킬 수 없는 갈림길에 서게 되는 날이 온다. 서로가 서로에게 건 욕망 혹은 희망의 작용이 더는 처음의 것이 아닐 때, 약속이 약속으로 영원하기 위해서 운명이라는 이름으로 이별을 감당할 수밖에 없는 상황이 온다. 어쩌면 그것은 서로에게 약속한 그 순정한 마음을 태초의 상태로 남겨두기 위해서 서로가 무의식적으로 선택하는 작별일지도 모른다.

지킬 수 없는 것을 지키는 법

베아트릭스는 힐탑 농장을 사들인 이후에도 그 주변 땅을 지속적으로 사들여 노먼과 함께 만든 책 속의 주인공들 – 개구쟁이 토끼 피터, 귀여운 오리 제미마, 고슴도치 아줌마 티기윙클 부인 그리고 노래하는 재주꾼 다람쥐 넛킨 – 의 세계를 고스란히 지켜냈다. 그녀가 사들였지만 소유하지 않았기에 지켜질 수 있었다. 부모의 품을 투쟁하듯 벗어난 것처럼 자신을 지켜준 세계를 벗어나야만, 자신이 일군 것을 놓아주어야만, 소중한 것일수록 떠나보내야만 지킬 수 있다는 생의 아이러니. 사랑하는 이와 헤어지고 나서야 그와 함께 일군 소중한 세계를 확장해나갈 힘을 얻는 사랑의 아이러니……. 몇 년 전 베아트릭스 사후 70년을 맞아 그녀의 모든 작품도 자유를 얻었다. 역시 시간을 당할 수 있는 건 아무것도 없다. 그런데 그런 시간도 힘을 쓰지 못하는 건 역시 사랑의 말이다. 흔하디흔하고 촛불 하나 끌 수 없을 만큼 미약한 한마디 말이다. 당신과 당신의 책, 둘 다 똑같이 소중하다고 했던 노먼의 말. 당신이 소중하듯 당신의 꿈도 소중하고, 당신을 사랑하듯 당신의 꿈도 사랑한다는 그 말. 자기 힘으로 홀로 서려는 사람에게, 알의 껍질을 깨고 울타리 밖으로 날아가려는 어린 새에게 그처럼 아름답고 힘이 되는 프러포즈가 또 어디 있을까. 움켜쥘 수 없고, 지켜질 수 없는 약속이기에 그 자리에 약속으로 남아야 하는 사랑의 말. 19세기, 저 까마득한 빅토리아 시대에 저토록 세련된 사랑의 언어를 남긴 청년의 사랑을 영화는 고스란히 전해준다. 다시 보기 쉽지 않기에 기억 속에서 더욱 생생하게 푸르러지는 이야기, 〈미스 포터〉. 당신도 꼭 한 번 찾아보기를.

최적의
집필 환경이란

〈미저리〉
로브 라이너, 1990

저자와 독자의 평행이론

사람이 하는 일이란 게 다 그렇지만 혼자 할 수 있는 일은 없다. 혼자 한다고 해도 타인으로부터 이런저런 영향을 받기 마련이다.

"워낙 오래 혼자 일을 해서 사회성이 부족해요."

변명처럼 이런 말을 하곤 했지만 사실 나 혼자 한 일이란 건 없다는 걸 분명히 안다. 누군가와 엮여서 일한다는 건 결국 상호작용이라는 걸 이제는(이제야!) 알 것 같은데, 그 누군가가 어떤 사람인가의 문제도 생각보다 큰 영향을 미치지는 못하는 것 같다. 결국은 그 사람에게 내가, 그 사람이 나에게 어떻게 반응하는가가 많은 걸 좌우하는데 사실 내 마음먹기에 달렸다. 그런데 그 마음먹는 일이 고약하게도 마음처럼 안 될 때가 있다. 어쩐지 말을 안 듣고 싶고, 순순히 협조하기가 죽기보다 싫을 때가 있는 것이다. 그렇다고 일 자체를 망쳐버릴 수는 없어서 어찌어찌 하긴 하는데, 불편하기 짝이 없는 관계 속에서도 약속한 일을 끝내게 하는 원동력은 사실 '이것만 끝내면 다시는 저 사람 안 봐도 된다'라는 희망뿐이다.

각자가 가진 힘의 크기를 놓고 우열을 견주어서 위아래를 딱 정해야 직성이 풀리는 사람을 좀처럼 견디지 못하는 건 나의 사정이다. 그러나 편집자는 주로 '을'의 역할을 기대받기 마련이다. 게다가 독자들까지 '을' 취급을 하곤 하니 이래저래 마음 다치는 일을 비일비재하게 겪게 된다. 저자님을 '모시고' 일하는 편집자라면 이 말에 담긴 의미와 감정을 알 것이다.

"이 책은 선생님만의 책이 아니에요."

속으로만 골백번 외치고 마는 말이긴 하지만 말이다. 그런데 놀랍게도 독자라면 얘기가 다르다. 독자는 본능적으로 안다. 자기가 읽고 있는 책이 저자의 책이자, 출판사의 책이며 동시에 자기 책이라는 걸 말이다. '구매해서 읽고 소장하고 있다'도 아니고 '읽었다(또는 읽다 말았다)'는 것만으로도 그 책에 일정 정도의 지분이랄까 권리(최소한 발언권)를 갖는다는 것도.

"나는 당신 책을 전부 다 읽었어요. 그것도 여러 번."

독자가 이렇게 말하면 저자는 당연하게도 '정말 감사합니다'라고 답해야 할까. 독자는 그런 반응을 기대할지 모르나 저자의 심경은 독자의 그런 기대와는 전혀 다를 수 있다. 실제로 나는 이런 반응을 더 많이 접했다.

"아이고, 바쁘실 텐데 제 책까지 읽느라 시간을 낭비하시다니요. 읽지 마세요." (저자님들은 수줍은 마음에 읽지 말라고는 하지만 사지 말라고는 안 한다.)

책에 대한 칭찬의 말을 건네면 그 한마디가 끝나기도 전에 손사래를 치고 정색을 하며 이렇게 말하는 저자도 있었다.

"제발 그런 말씀 하지 마십시오. 견디기 어렵습니다."

열혈독자를 자처하는 독자를 대면하는 저자의 심경이야 말로 솔직히 '대략난감'일지 모른다. 별로 알려지지 않은 몇 권의 책을 쓴 나조차도 그런 경험이 있다. 독자라는 이가 다가와서 책 속의 내용에 대해 열정적으로 이야기할 때 어리둥절 해지는 경험 말이다. '내가 그런 말을 썼다고?'

쓴 저자보다 읽은 독자의 감정이 더욱 강렬할 때도 있기 마련이다. 저자는 써서 세상으로 내보냄과 동시에 잊어버린 어떤 사건이 독자의 가슴에서는 뜻밖의 생명력을 가지고 살아 숨쉬기도 한다. 쓰기의 경험과 읽기의 경험이란 이토록 다른 것이다. 그런 맥락에서 생각해보면 저자와 독자의 마음은 어쩌면 영원히 만날 수 없는 것일지도 모른다.

책은 반복 구매가 없는 상품이다. 독자가 한 책을 수백 번 읽는다고 해도 그 책의 생산자에게 돌아가는 금전적 이득은 전혀 없다. 독자가 읽을 때마다 사용료가 매겨지는 것도 아니니 말이다. 독서라는 문화 활동에는 시간당 서비스 사용료가 부과되지 않는다. 요즘 대세가 된 구독서비스가 시간당 요금 체계를 적용하지 않는다면 말이다. 아, 쓰고 보니 괜찮은 발상인 것 같다. 책 콘텐츠를 이용하는 고객이 시간당 사용료를 낸다면 의외로 책 콘텐츠의 매출이 폭발적으로 늘어날지도 모른다. 책 구독서비스 이용료로 월 10만 원 정도는 지출하는 사람이라야 지적으로 게으르지 않다는 인상을 줄 수 있다는 심리적 마케팅을 잘 펼치기만 한다면 불가능하지도 않을 것 같다(구독자의 책 콘텐츠 접속시간이 전월보다 늘어나면 그에 따라 추가된 요금만큼 지원해주는 독서진흥책을 도입하면 어떨까? 이용료 수입을 저작권자에게 배분하는 방식은 음악저작권협회의 매뉴얼을 참조하고 말이다). 그렇게 되면 스티븐 킹의 베스트셀러 소설『미저리』에서 폴 셸든의 '넘버원 팬'인 애니 같은 인물은 등장할 수 없게 되고 말지도 모른다. 그녀는 진즉에 다른 작가의 다른 작품들로 갈아타느라 바빠져서 단물 쓴물 다 빠진 미저리 시리즈의 작가에게 그렇게 끔찍한 짓은 저지르지 않아도 될 거다. 구독서비스의 알고리즘이 애니의 취향을 분석해서 그녀가 관심을 가질 만한 다른 콘텐츠를 줄기차게 홍보할 테니 말이다.

독자도 고집이 있다

내게 더 좋은 것, 더 새로운 것을 제공하는 서비스나 콘텐츠를 거부하는 사람이 있을까? 오늘날 대중의 애정과 성원은 쉽게 떠난다. 한번 고객으로 연을 맺은 회사가 문 닫는 날까지 의리를 지키는 고객은 없다. 투자자가 아닌 이상 왜 기대에 못 미치냐고 화를 내는 이도 드물다. 이 시대의 고객들은 불만이 있으면 서비스업체를 갈아타는 것으로 의사를 표명하는 데 점점 익숙해지고 있다. 그런가 하면 꼭 필요했던 획기적인 서비스가 출시되면 거기에 매료된 고객님은 그 서비스가 만족스러운 수준이 될 때까지 충실한 모니터 요원을 자처하기도 한다. 어쨌거나 오늘날의 고객님은 언제나 새로운 유혹에 취약하다. 더 좋은 것, 더 가성비가 뛰어난 것을 가려내는 데는 도사들이다.

이제는 명실상부한 고전이 되어버린 『미저리』의 주인공은 새로움을 거부하는 고집스런 고객이기에 주인공이 되었다. 그녀가 읽어온 소설 시리즈는 그녀에게 하나의 세계가 되었으며 그 세계가 언제까지나 지속되길 원하고 있었다. 하긴 생각해보면 우리에게도 한때는 그런 세계가 있었다. 〈모여라 꿈동산〉이 없는 오후를 상상할 수 없고, 〈영웅본색〉 시리즈가 계속되기를 바라고, 〈질투〉의 그녀가 유학을 떠나지 않기를 바랐다. 하지만 그런 한편으로 〈모여라 꿈동산〉을 갑자기 끊고 〈V〉시리즈와 〈소머즈〉에 열광하는가 하면, 다음 에피소드가 궁금해서 배가 간질간질했던 〈빨강머리 앤〉이었건만 결혼 이후의 이야기는 전혀 궁금하지가 않았으며, 〈은하철도 999〉의 철이와 메텔의 여행이 어떻게 종결되었는지는 기억에도 없다. 드라마 〈질투〉에 빠져 있을 땐 상큼한 그녀가 유학을 떠나지 않고 밀당하던 그와 결혼하길 그토록 바랐지만 이제는 그에 대한 미련을 버리고 유학을 떠났어야 했다고 의견을 수정하기도 한다. 사람들은 하나의 이야기에 완전히 몰입하기도 하지만 완전히 잊기도 하며, 이전과는 다른 시각으로 한때 빠져 있었던 이야기의 세계를 보다 객관적으로 재분석하고 주인공의 운명에 대해 다른 입장을 취하게 되기도 한다. 어떤 이야기가 시대를 풍미하던 기억을 공유하고 있는 세대에게 추억 파는 것은 꽤 장사가 되는 일이기 때문에 미디어는 이를 적극 활용한다. 하지만 그때 그 이야기를 썼던 작가를 찾아내 당장 시리즈의 뒤편을 이어서 써내라거나 결말을 요즘의

구미에 맞게 바꿔 쓰라고 강요를 하는 건 안 될 일이다. 정신적 학대가 되거나 작가의 창작의 자유 침해 내지는 최소한 개인의 행복 추구권 침해에 해당하는 불법행위가 될지도 모를 일이니.

원하는 글이 나올 때까지

외딴 마을에서도 외딴 집에서 이웃과의 교류도 없이 홀로 살던 『미저리』의 주인공 애니는 우연을 가장한 필연으로 작가의 생사여탈권을 손아귀에 쥐었다.

미저리 시리즈를 써내느라 십수년 간 작품다운 작품을 써내지 못했다고 생각하던 작가 폴은 미저리의 죽음을 통해 시리즈의 대단원을 마감하고 그토록 열망하던 새 작품을 막 완성한 차였다. 그런데 갑작스런 눈길 교통사고로 정신을 잃고 깨어나보니 낯선 집이었다. 폴의 '넘버원 팬'을 자처하는 애니가 그에게 갖은 아양을 떤다. 폴의 신간이 아직 그 마을에 도착하지 않은 덕에 누리고 있는 짧은 평화라는 걸 아직은 눈치채지 못했다. 마침내 그날이 왔다. 애니가 읍내로 가서 폴의 신간을 사들고 와서 다 읽고 난 밤이었다. 그토록 상냥했던 애니가 무시무시한 괴물로 돌변해 최소 전치 36주는 받았을 법한 폴의 부서진 육신을 향해 무참히 돌격했다.

"감히 나의 미저리를 죽이다니! 너 따위가 뭔데! 나의 미저리를 되살려내! 되살려내란 말이야!"

폴 셸든 만큼 인기 있는 작품을 써본 적도 없는 주제에 그 장면이 어찌나 무시무시했던지, 지금도 가끔 갑작스레 죽일 듯이 달려드는 누군가에게 속수무책으로 당하는 꿈을 꾸곤 한다. 다른 끔찍한 장면도 많지만 밤중에 들이닥쳐 주인공을 살려내라고 발광하는 애니의 모습은 정말 최고로 무시무시했다. 한 벌 뿐인 새 원고를 제 손으로 태우게 강요하는 장면도 끔찍했다. 영화의 끝에서 애니가 불붙은 원고에 뛰어드는 장면은 더욱 압권이다.

폴은 애니의 강요로 하는 수없이, 그야말로 목숨을 부지하기 위해서 미저리 이야기를 억지로 이어가는 일에 착수하지만 창가에 앉아서 낡은 타자기로 원고를 써내려가는 모습은 이 영화에서 가장 평화로운 장면이다. 방해받지 않고 오로지 쓰는 일에 집중할 수 있는 나날에 폴도 만족하는 듯 보였다. 어쩌면 작가에겐 최적의 환경이 아닐까? 자신의 작품을 속속들이 아는 넘버원 팬이 편집자 역할을 해주면서 밤낮으로 돌보아주는 가운데 제대로 쓰지 않으면 죽이겠다고 협박하는 환경이라니! 어쨌든 매일매일 그날의 분량이 순조롭게 생산되고, 애니는 원고에 대한 품평을 다음날 아침식사 메뉴로 표현한다. 그러니까 〈미저리〉의 줄거리는 이렇게 요약해볼 수 있다. 〈미저리〉의 작가 폴 셸든이 넘버원 팬 또는 집요한 편집자에게 잡혀서 베스트셀러 시리즈의 후속편을 매우 빠른 속도로, 그것도 최고의 걸작으로 써내게 된다는 것이다.

애니가 원한 건 매우 미저리다운 내용으로, 애니가 경악해 마지않았던 전작의 내용(미저리의 죽음)과 논리적으로 결함 없이 이어져야 했다. 물론 작가가 생각하는 미저리다움과 애니가 느끼는 미저리다움은 다를 수 있지만, 폴은 그 세계의 창작자로서 애니의 손에 죽기를 원치 않는 강렬한 생존본능을 발휘하여 애니가 원하는 것이 무엇인지 본능적으로 찾아내고 효율적으로 창조해냈다. 그리고 그는 애니에게 자신이 당한 그 밤의 공포를 돌려준다. 애니가 그토록 기대하고 있는 후속권의 결말 부분을 끝낸 후 그녀 앞에서 원고더미에 불을 지른다(물론 원본은 따로 챙겨두었고 불태운 것은 백지 뭉치 위에 표지만 얹어놓은 가짜였다). 애니는 고통에 몸부림친다. 마지막 부분에 가서는 매일매일 폴이 써내는 대로 읽지 않고 아꼈다가 한꺼번에 읽기로 했는데 그걸 읽지 못하게 되다니! 기다리면 공짜가 되는 레진코믹스에서 다음 편을 못 기다리고 결제를 했는데 막 파일이 열리려는 순간 스마트폰의 액정이 죽는 고통을 그에 비할 수 있을까 모르겠다. 주간 단위로 연재되는 웹툰에 빠져 있을 때는 한 주간 작가님의 안녕을 비는 심정이 되었다. 업로드가 제시간에 안 되면 가슴이 뛰고 식은땀이 나는 지경에 이르기도 했다. 작가의 작업실로 뛰쳐가고 싶은 심정이 들기도 했다. 어쩌면 이것이 '팬'의 당연한 심경일 것이나, 작가가 작품을 한 회 못 내놓더라도 그의 심신이 무사하기를 바라는 것이 인지상정일 것이다(격주간 잡지에 이 코너를 빼먹지 않고 싣겠다는 집념을 가진 편집자에게 그런 인지상정을 바라는 것은 아무리 생각해도 무리인 것 같다).

살아남기 위하여

폴 셸든이 사는 〈미저리〉의 시대이기에 – 아직 휴대전화가 없던, 폭설이 내리면 도로뿐 아니라 전화마저 끊어지는 시절 – 고립된 환경에서 목숨을 부지하기 위해 이야기를 만들어 내야 하는 셰에라자드 식 글쓰기가 가능했다는 말은 반은 맞고 반은 틀리다. 지금은 저런 일이 있을 수 없다며, 휴대폰 위치추적 기능으로 반나절도 안 돼 찾았을 거라고. 하지만 오늘날의 작가들도 또 다른 모양의 감옥에 갇혀 죽지 않으려고 글을 쓴다. 익명성의 시대에 자기 존재가 죽을까 봐 쓰고, 글이나마 쓰지 않으면 영혼이 썩을 것 같아 쓰고, 사람들을 속여야 살아남기에 쓰고, 죽지 않은 것을 증명하기 위해서 쓴다. 오늘날 글 쓰는 이의 절박함 역시 〈미저리〉 속의 폴 셸든의 처지와 별반 다를 게 없다. 누군가의 마음에서 죽은 사람이 되지 않기 위해 쓰며 편집자에게 밤마다 시달리는 꿈을 꿀지언정 버림받지 않기 위해 쓴다. 나 혼자 쓰지만 나 혼자 쓸 수 있는 글이 아님을 명심하면서 쓴다. 나 역시 한 사람의 독자이기에 쓴다. 뒤통수가 당기고 심장이 쫄깃하며 손이 부들부들 떨리는 마감 증후군에 시달리는 당신. 당신은 혼자가 아니라는 걸 말하고 싶어 나는 기어코 썼다.

원하는 미래를
선택하라

Non-Fiction

〈논-픽션〉
올리비에 아사야스, 2018

삶, 그 표면과 이면

영화의 제목 〈논 - 픽션〉은 출판물을 픽션과 논픽션으로 분류할 때의 그것과는 좀 다르다. 그러니까 '대시(-)'가 붙어 있다. 영어권 나라들과 우리나라에서 왜 이 제목을 썼는지는 알 것도 같고 모를 것도 같다. 픽션이기도 하고, 픽션이 아니기도 하다는 건가. 영화의 원제는 〈Doubles vies〉. '이중생활' 또는 '두 개의 삶' 정도로 번역된다. 이 영화 속 사람들은 죄다 왜 저 모양인가 싶던 의문이 이 제목을 생각하면 금세 수긍이 된다. 감독이 인물들을 그 이중성에 초점을 맞추어 보여주고 있기 때문이다.

유명 출판사의 책임자인 알랭은 이제는 문학출판의 시대가 저물고 있다고 냉소하면서도 종이책 만드는 일에 전에 없는 열정을 쏟고 있다. 그는 출간 목록에 더 신경을 쓰고 매출의 변화에도 촉각을 곤두세운다. 경영자와 주주들의 눈치를 보느라 디지털사업부를 만들고 새로운 인재도 영입한다. 경영학 전공자에 IT에 밝은 야심찬 여인 로르. 알랭은 그녀에게 기꺼이 매혹당하지만(매혹당하려 노력하지만) 사랑은 아니다(알랭은 로르와 가까워질수록 아내 셀레나를 더 세심히 챙긴다). 기존의 작가들도 환경의 변화에 예민하긴 마찬가지여서 더 이상 출판에만 목매지 않는다. 작가들이 인터넷에 자기 공간을 구축하고 새로운 기회를 찾아나서는 마당이니 출판사라고 옛 방식만 고집할 수는 없다. 알랭도 그런 현실을 인정하지만 로르가 유명인사의 SNS 멘션과 이메일을 모아 책으로 펴내자고 할 때는 진심으로 어이가 없다는 듯 고개를 젓는다. 매출도 좋지만 출판사의 명예도 생각해야지(내 눈에 흙이 들어가기 전엔 안 돼!). 모든 책은 전자화되어 구글에서 검색할 수 있어야 하며, 그러면 출판사의 수익구조도 완전히 달라질 거라는 젊은이의 확신에 찬 주장. 그러나 설령 그게 당장 닥친 현실이라 하더라도 알랭은 순순히 적응하고 싶지 않(은 게 분명하)다. 책이 모조리 전자기기 속으로 들어가버리고 종이책은 사라지고 말 거라는 전망을 알랭은 믿고 싶지 않고, 그렇게 되는 데 일조하기는 더더욱 싫은 것이다. 그런 알랭과 그가 이끄는 출판사는 어떻게 될 것인가? 출판사를 팔아버릴까 한다며 알랭에게 압박을 가하던 회장님이 자기 입으로 직접 말씀하셨다.

　"전자책 비중은 생각보다 미미했고, 종이책 매출은 오히려 늘었네."

영화는 알랭이 레오나르의 원고를 거절하는 점심 미팅에서 시작된다. 알랭은 레오나르의 책을 여러 권 펴냈는데 이번 작품은 받아들이지 않았다. 전작의 성과가 좋지 않았다는 게 표면적인 이유이지만('나무의 희생을 줄였다'고 표현했다) 그 이면에는 '왠지 모를 불편함'이라는 감정이 있었다. 레오나르가 소설 속에서 여자를 묘사하는 방식이 어쩐지 불쾌했다. 레오나르는 예상치 못한 알랭의 거절에 충격을 받고 아내 발레리에게 위로를 요청했다. 정치인의 비서로 일하며 실질적으로 생계를 도맡고 있는 발레리의 반응은 냉담하기만 하다.

"어쩌라고? 울라고? 용기를 달라고? 싫은데?"

믿었던 편집자에게 버림받았다며 아내에게 엉겨붙는 남편을 단호하게 대하는 발레리.

"징징거리지 말고 들어가서 원고나 고쳐."

참 냉정하고 건조하다 싶지만 사실 발레리는 상대의 말과 반응에 매우 민감한 사람이다. 친구들 여럿이 모인 자리에서 누구에게도 공감받지 못한 그녀의 절망과 분노는 화면 너머의 나에게까지 전해졌다. 발레리는 무뚝뚝하고 강한 척하는 굴지만 실은 매우 섬세하고 다정한 사람이며 인내심도 깊다. 자신의 남편 레오나르가 알랭의 아내 셀레나와 바람을 피우고 있다는 걸 알지만 발레리는 알랭과 셀레나 앞에서는 아무 내색도 않는다.

알랭의 아내 셀레나는 유명 배우다. TV 드라마 주인공 역할로 몇 시즌을 거치면서 육체적으로나 정신적으로 고갈되어 이제 그 역할을 그만하고 싶기도 한데, 그 이상으로 확실한 명성과 보수를 보장하는 역할을 찾기는 쉽지 않을 것 같아 쉽사리 그만두겠다는 결정을 내리지 못하고 있다. 남편 알랭에게 의논해봤자 '힘들면 그만두고, 아쉬우면 계속하라'는 정도의 심드렁한 대답만 돌아올 뿐이다. 사실 알랭 주변에는 셀레나가 TV 드라마에서 무슨 역할을 하고 있는지 제대로 아는 사람이 하나도 없다(형사인지 경찰인지 문제해결사인지). 드라마 속에서는 셀레나만큼 중요한 인물이 없고 그녀가 모든 문제를 해결하지만 알랭을 중심으로 돌아가는 현실의 인간관계에서 그녀의 존재감은 그리 크지 않다. 하지만 그녀는 자신이 원하는 방향으로 일이 이루어지게 만드는 묘한 에너지를 가지고 있다. 알랭이 거절했던 레오나르의 원고가 출판되도록 분위기를 조종하는 것도 그녀다. 셀레나는 남편이 다른 여자를 만나고 있다는 걸 진즉 눈치 채지만 그가 가정을 잃지 않기 위해 애쓰는 마음을 헤아릴 줄도 않다. 셀레나는 레오나르를 몰래 만나온 것에 죄책감을 갖지는 않지만 남편이 레오나르로 인해 상처받는 것은 못 참는다. 셀레나의 양면성은 다른 인물들에 비해 좀 더 복잡하다.

영화 속 인물들은 이처럼 모두 양면성을 지니고 있다. 어떤 면이 진짜 앞면이고 어떤 면이 숨겨진 뒷면인지 판단할 수 없는 뫼비우스의 띠처럼 말이다. 그런데 자신이 감춘 이면을 들키는 순간 이 이야기의 세계에서 사라지는 인물이 있다. 바로 알랭의 직원이자 내연녀인 로르다. 그녀는 작가와 독자가 직접 소통하는 시대에 평론이라는 매개는 필요도 없고 힘도 없다고 말하며 이 시대에 출판이 살아남기 위해서는 지금까지 지켜온 것들을 버려야 한다고 주장한다. 가상공간 속의 플랫폼과 광고가 지식 전체의 유통을 책임질 수 있다는 걸 납득하기 어려운(납득하기 싫은) 알랭과 "안타깝지만 되돌릴 수 없어요. 도서관은 창고가 되고 내용은 가상공간에 있죠"라면서 그게 당연하고도 좋은 거라고 말하는 로르는 서로 잘 지내보려 노력하지만 함께하면 할수록 함께할 수 없다는 것만이 분명해져만 갔다.

"때로는 자명한 걸 거부하고 믿음을 지켜야 해."

알랭 자신도 깜짝 놀랄 만한 꼰대 발언이 나오고 만다. 그러나 사실 로르의 믿음 역시 알랭의 그것과 다르지 않다. 이 세상에서 문학이 사라지는 것을 원하지 않으며 그 가치를 지키려 애쓰는 건 로르도 마찬가지다. 그들이 아끼고 사랑하는 것은 같았다. 서로의 방식이 다를 뿐이다. 알랭도 그걸 안다. 알랭과 그의 회사를 떠나기 전 마지막 면담에서 로르가 마지막 충고를 건넨다.

"변화에 끌려가지 말고 원하는 변화를 선택하세요. 아무것도 안 변하려면(문학이 살아남으려면) 모든 게 변해야 해요."

이 근사한 말의 여운을 즐길 틈도 주지 않고 알랭이 바로 덧붙인다.

"살리나 공작의 마지막 말이지."

살리나 공작은 주세페 디 람페두사의 소설 『표범』에 나오는 인물로 이탈리아 통일 전 봉건시대의 끝자락에서 한 세계가 무너지는 것을 온 몸으로 겪어내는 마지막 시칠리아 귀족이다. 그의 곁에는 변화된 시대의 주역이 되어 출세할 기회를 놓치지 않으려는 야심찬 조카가 있었다. 그의 이름은 탄크레디다. 알랭과 로르는 어쩌면 살리나 공작과 탄크레디의 역할을 잠시나마 재현했던 건지도 모른다. 알랭은 종이책 시대의 마지막 귀족이고, 로르는 콘텐츠 빅뱅 시대의 주역으로 서려는 야심찬 차세대 리더일 것이다.

그리고 그들의 세계는 계속된다

아직 결론은 나지 않았다. 알랭은 로르를 떠나보내고 셀레나와 함께하는 생활에 충실하며 셀레나가 원한 대로 레오나르의 소설을 출판한다. 셀레나는 카드빚을 청산하듯 레오나르와 관계를 청산하고 TV드라마 주연 역할도 내려놓은 뒤 연극무대에 서기로 했다. 전성기가 지난 여배우에게 어김없이 돌아오는 역할이라 찜찜하긴 하지만, 페드라 역할을 순순히 받아들였다. 그녀의 손에는 언제나 그렇듯 종이책이 들려 있다. 그녀야말로 '지금 이대로를 지키기 위해 모든 걸 바꾸는 혁신'을 실행한 셈이다.

셀레나와의 밀회는 끝이 나버렸지만 레오나르는 알랭의 출판사에서 무사히 신작을 출간했고, 아내 발레리에게서 임신 소식도 듣는다. 자기 사생활을 소재로 소설을 써오면서 말썽도 많았던 레오나르. 그가 쓴 소설 때문에 주변 사람들은 상처를 받았고 출판사는 골치를 썩었으며, 독자들은 거세게 비

난했지만 정작 본인의 삶은 점점 더 건강해지고 평온해져 간
다. 그의 소설은 종종 소설이 아니라는 비판을 받지만, 누군가
'그 소설은 소설이 아니야'라고 주장해본들 그건 이미 현실도
아니었다. 픽션이 되기 전에는 논픽션이 될 가능성이 있었을
지도 모른다. 그런데 논픽션이 될 수 있는 이야기라면 그것은
픽션도 될 수 있다. 허구는 허구가 아니었다는 이유로 허구가
되고, 사실은 허구가 아니라는 이유로 허구의 근간이 될 수 있
다. 삶은 양면성을 가졌지만, 그 양면의 삶은 앞과 뒤가 구분
되지 않기에 삶 속에서 이어지고 합쳐진다. 하나의 세계가 저
문다는 것은 또 하나의 세계가 떠오른다는 것과 같다. 시대가
바뀌는 격동의 시기에 반드시 지켜내려는 것이 있다면 다른
것을 희생할 각오를 해야만 한다. '아무것도 안 변하려면 모든
게 변해야 한다'는 말의 출처를 〈논-픽션〉 속 알랭은 잘못 기
억하고 있다. 그것은 시칠리아의 마지막 귀족인 살리나 공작
의 마지막 말이 아니라 새로운 시대의 주역이 될 탄크레디의
첫 대사였다. 가리발디 장군이 이끄는 혁명군에 가담하기로
한 탄크레디는 그런 자신을 걱정하는 외삼촌 살리나 공작에
게 이렇게 말한다.

　"만일 우리가 참여하지 않는다면 그들이 이 나라를 공화

국으로 만들어버릴 것입니다. 현재의 상태를 지키기 위해서는 모든 것을 바꾸어야 해요, 제 말 뜻을 아시겠어요?"

탄크레디의 이 대사는 미래에 대해서는 그 불확실성만이 확실한 오늘날, 혁신을 주장하는 사람들에 의해 부쩍 자주 인용되고 있다.

두꺼비를 어떻게 삼킬 것인가

『표범』의 작가인 주세페 토마시 디 람페두사(Giuseppe Tomasi di Lampedusa, 1896~1957)는 람페두사 가문의 마지막 공작으로 시칠리아 사람이다. 그는 말년에 『표범』이라는 소설을 한편 썼는데 생전에 출간의 뜻을 이루지는 못하였고, 죽은 뒤 출판되어 곧바로 큰 성공을 거두었다. 이 소설은 이탈리아를 대표하는 명감독 루키노 비스콘티에 의해 영화화되었고, 그 작품은 깐느 영화제에서 황금종려상을 받았다(탄크레디 역에 알랭 들롱). 이 소설은 지금도 이탈리아 사람들이 가장 좋아하는 소설로 꼽히는데, '죽은 시칠리아 사람이 쓴 단 한 편의 소설'이 이룬 기적 같은 성공 스토리가 지금까지도 출판인들 사이에 회자된다. 시대의 황혼이 느긋하고도 장엄하게 펼쳐지는 광경 속에 저마다의 페르소나라 할 만한 인물이 살아 움직이는 걸 경험하게 해주는 작품이기 때문일 것이다. 내가 좀 더 어릴 때 이 책을 읽었다면 탄크레디에게 감정이입을 했을 것이나, 이제는 나도 빼도 박도 못하는 중년이어서 그런지 살리나 공작에게 더욱 마음이 간다. 탄크레디의 화두가 "이대로 유지하고 싶다면 모든 걸 바꾸어야 한다"라면 봉건시대의 막내 살리나 공작의 화두는 "어떻게 두꺼비를 삼킬 것인가"였다. 동안출판사에서 번역 출간한 『표범』의 표지에는 이 두 가지 화두가 모두 박혀 있다. 어떻게 두꺼비를 삼킬까. 초대한 적도 없는데 난데없이 불쑥 나타나 길을 가로막고 멀뚱히 앉아서 꼼짝도 하지 않는 두꺼비. 축축하고 물컹물컹하며 울퉁불퉁 징그러운 피부를 가진 두꺼비. 그 두꺼비를 꿀꺽 삼켜 내 일부로 만들지 않고서는 단 한 발도 앞으로 나아갈 수 없다면 어떻게 할 것인가? 내가 뱀이 되어 꿀꺽 삼키는 시늉이라도 할 수밖에. 종이책의 미래를 부정하면서 문학출판사의 권위와 전통 따위는 깡그리 무시하고 대놓고 팔리는 기획을 말하는 신출내기 젊은이를 동료 내지 상사로 모시는 것. 매각 운운하며 매출 압박을 하는 출판사 경영자의 검은 속내를 알고도 모르는 척하는 것. 불쾌해서 도무지 견딜 수가 없는 소설을 출판하는 것.

영화 〈논-픽션〉 속 알랭이 겪고 있는 이 모든 것은 소설 속 살리나 공작이 품은 화두, '어떻게 두꺼비를 삼킬 것인가'와 별로 다르지 않다. 공작은 자신의 조카의 야망을 위해 – 그것이 아니었다면 꿈에도 생각지 않았던 – 격이 맞지 않는 집안에 청혼을 해야 했다. 딸과 아내가 상처받는 걸 외면해야 했다. 살리나 가문이 누려온 특권이 조금이라도 더 명맥을 이어 갈 수만 있다면 이미 시대의 물결에 올라 탄 탄크레디를 위해 두꺼비를 삼키는 심정 정도는 기꺼이 감수해야 했다. 그러나 그가 하늘에서 떨어지는 수천만 마리 두꺼비를 끝없이 삼킨다 한들, 결국 세상은 제가 가기로 되어 있는 길을 갈 것이고 인간의 생은 결코 무한하지 않다.

올리비에 아사야스 감독이 1963년 영화 〈표범The Leopard〉 속에서 탄크레디를 연기했던 알랭 들롱을 자신의 영화 〈논-픽션〉 속 '알랭'으로 가져왔다고 해도 뭐 그리 억지스런 연결은 아닐 것이다. 그 옛날, 갓 통일된 이탈리아에서는 야망에 찬 신진세력이었을, "모든 걸 유지하려면 모든 걸 바꿔야 한다"며 근대적 합리주의의 시대를 연 탄크레디(혹은 알랭 들롱)

같은 인물도 결국은 〈논‑픽션〉 속 알랭 같은 처지가 되고 만다. 황혼녘 석양 속에 애꿎은 구름만 불태우고 있는, 이미 져버린 태양의 그림자 같은 처지임을 자기만 모르고 있는 것이다. 종이책 혹은 문학이 풍미했던 그 화려하고 찬란한 역사의 끄트머리를 간신히 부여잡은 채, 시대를 압도하는 폭력적인 디지털 기술의 진격을 짐짓 못 본 척 냉소하는(실은 적응할 자신이 없어서) 뒤처진 중늙은이 알랭처럼 말이다. 알랭은 소설 『표범』의 주인공이자 명문 귀족인 살리나 공작처럼 냉소적인 회의론자가 되어갈 것이 분명하다. 그래도 우리가 그에게 걸어볼 한 가지 기대는 남아 있다.

기술의 진보와 혁신이라는 거대한 흐름 앞에서 하나의 시대가 죽고 다른 시대가 태어나는 것에 대한 광대한 사유를 펼쳐 보이며, 이 시대에 우리가 함께 삼키고 소화시켜야 하는 두꺼비들에 대한 이야기, 어떻게 두꺼비를 삼킬 것인가에 대한 고민과 그 과정을 끝까지 기록해나가는 일을 멈추지 않을 거라는 기대 말이다. 그는 출판인이고 편집자가 아닌가.

편집자는 떠나도
질문은 남는다

Chaplin

〈채플린〉
리처드 애튼버러, 1994

삶을 기록한다는 건

한 사람의 삶을 고스란히 복원해낸다는 것, 그것도 글로 지면 위에 낱낱이 밝혀낸다는 것은 과연 가능한 일일까. 위대한 인물의 평전이나 자서전을 볼 때마다 드는 의문이다. 저자가 볼 수 있는 만큼, 말할 수 있는 만큼 하는 거겠지 싶다가도 어떤 대목에서는 가슴이 찌릿해진다. 주인공 입장에서는 굳이 밝히고 싶지 않거나 피하고 싶은 얘기일 텐데도 일견 체념한 듯, 변명하는 듯 털어놓은 대목을 볼 때 말이다.

영화사에 지울 수 없는 족적을 남긴 배우이자 제작자인 찰리 채플린의 일대기를 소재로 한 영화 〈채플린〉에는 입 안의 가시 같은 대목을 굳이 이끌어낸 편집자의 존재가 또렷이 드러나 있다. 그러니까 이 영화는 찰리 채플린이 자서전을 써내려가는 과정을 통해 그의 삶을 회고한 작품이다. 한 사람의 삶을 기록한다는 건, 그것이 자서전이건 평전이건 알려주고 싶은 얘기만 하고, 남기고 싶은 것만 남길 수 있는 일이 아니라는 걸 이 영화는 보여준다. 한 사람의 지식과 경험과 삶이 책이 되는 과정에는 친절해 보이지만 집요하고 단호한 편집자의 개입이 있는 법이다.

자신의 그림자와 대면하는 용기

영화가 시작되면 한 중년 남자의 목소리가 들려온다.

"찰리, 시간 끌지 말고 이제 얘기를 시작합시다. 저는 단지 당신과 우정을 지키고 싶을 뿐이에요. 당신 자서전인데 편집장으로 봤을 때 원고의 일부가 꽤 모호해요. 특히 어머니 부분이요. 어머니께서 언제부터 정신질환을 앓으셨습니까? 그 사실은 언급되어야 합니다."

우정을 지키고 싶다면서 어머니의 정신질환에 대해서 캐묻다니, 이건 유화책인가 협박인가. 편집자 양반의 표정만 봐서는 잘 모르겠다. 다만 그 질문을 받은 찰리의 마음이 두려움과 망설임으로 복잡하게 흔들리고 있다는 걸 느낄 뿐이다(찰리 역의 로버트 다우니 주니어의 연기가 정말 대단하다).

찰리의 어머니는 남편과 헤어지고 혼자서 어린 아들들과의 생활을 꾸려가야 했다. 빈민구호소와 런던의 단칸방을 오가던 그녀는 굶주림과 절망으로 정신이상에 이르렀는데 그때 찰리의 나이 불과 열 살이었다. 찰리의 어머니는 원래 무대에서서 노래하던 가수였지만 목소리 이상으로 일자리를 잃은 후 생계가 막막해져 버렸다. 헤어진 남편에게서 양육비를 제대로 받지 못했고, 재봉틀 하나를 밑천 삼아 집에서 하던 일도 크게 도움이 되지 않았다. 아들에게 따뜻한 저녁을 차려주지 못하고 친구네 집에서 얻어먹고 오기를 바라던, 그럼에도 품위를 잃는 것은 죽기보다 싫었던 그녀에게 정신이상은 어쩌면 살기 위한 방편이었을지도 모른다.

어머니는 재능이 있었고, 아들들을 사랑했지만 정신병원 입원과 퇴원을 반복하며 아들들의 마음에 고통스러운 짐이 되었다.

"어머니의 정신이상은 언제부터 시작되었습니까?"

고향을 떠나 할리우드에서 대스타가 되고, 막대한 부를 거머쥔 60대 찰리의 가슴에 뽑을 수 없는 대못처럼 박힌 그 순간을, 편집자는 잔인하게도 밝혀 써내라고 종용하고 있는 것이다.

"그날 오후에 네가 차 한 잔 타줬더라면 나는 괜찮았을 텐데."

정신병원의 접수대 앞에서 어머니가 아들들을 향해 아쉽다는 듯이 내뱉은 그 한마디가 이들 형제에게 얼마나 큰 상처가 되었을지, 부모의 자식인 우리 모두는 능히 짐작할 수 있다. 어머니를 돌보지 못하고 돈을 벌러, 꿈을 찾아, 여기저기

떠돌아야만 했던 아들들. 그들은 가족의 생활을 책임지기 위해 세상에 뛰어든 것이기도 하지만 동시에 어머니를 위기 속에 혼자 버려둔 것이기도 했다. 모든 자식이 다 그런 전철을 밟으며 성장해나간다.

찰리는 참으로 고약한 편집자를 만나 이제는 잊고 싶은 과거의 상처를 다시 헤집어야만 하는 처지가 되었다. 첫사랑에 대한 아련한 회고를 담은 페이지를 언급하다 말고 문득 어머니의 정신이상이 언제부터 시작되었느냐고 묻는 고약한 편집자라니.

"어머니를 정신병원에 입원시킨 후에 일어난 일이 불분명해요. 독자들이 당신의 감정을 읽게 되는 걸 두려워하지 않았으면 합니다."

과연 누가 두려워하지 않을 수 있을까. 어머니가 돌아온다는 건 다시 굶주리는 단칸방과 빈민구호소를 오가는 나날이 되풀이된다는 것이었다. 언제 어디서 어머니의 이상행동이 다시 나타날지 모르는 일이었다.

영화 속의 찰리는 힘없이 대꾸한다.

"어머니를 견딜 수 없었습니다."

사실, 자식으로서 이 이상 솔직하게 말할 수 없을 것이다.

어머니가 나빠서가 아니고, 싫어서도 아니고, 그저 그럴 수밖에 없는 엄연한 현실이 있을 따름이다. 자식은 어머니를 견디는 것이 쉽지 않다. 외면하고 회피하고 떨어지고 싶고 아주 잊고 살고 싶으면서 동시에 그런 욕망을 갖는 자신에게 실망하고 상처받는다. 찰리 채플린의 여러 가지 탁월함 가운데 내가 최고로 치는 것이 이런 것이다. 자신의 양심을 외면하지 않고 최대한 솔직하고 진실하게 자신의 그림자와 대면해나가며 그 과정을 펼쳐 보여주려 했다는 점 말이다. 실로 위대한 용기다.

독자가 알고 싶은 이야기

영화의 시작부에서는 목소리로만 나오다가 첫사랑 이야기를 꺼내며 모습을 드러낸 편집자(안소니 홉킨스 분). 스위스 별장의 아름다운 경관을 배경으로 서 있던 그가 대뜸 이렇게 묻는다.

"우리가 왜 스위스 로잔에서 만나고 있습니까?"

뉴욕이나 할리우드에서 만났어야 하는 그들이 스위스에서 출판 관련 미팅을 하고 있는 까닭은 찰리 채플린이 미국에서 추방당한 처지이기 때문이다. 지금 편집자는 그러니까 '네가 왜 미국에서 추방당했는지를 말하라'는 것이다. FBI가 싫어해서라고 할 수도 있겠고, 정치적으로 오해를 사서라고 할 수도 있겠지만, 찰리는 한 단어로 줄여 말했다.

"SEX."

여자를 임신시켜놓고 책임지지 않았다는 확인되지 않은 사실이 빌미가 되어 찰리는 재판정에 섰고, 세상은 그를 호색한에 무책임한 인간이라 비난했다.

물론 지금 사람들은 이것이 찰리 채플린을 미국에서 쫓아내고 싶어 하는 세력이 억지로 꾸며낸 일이라는 맥락을 쉽게 알아챈다. 하지만 당시 미국에서 이것은 굉장한 스캔들이었다. 찰리는 수차례 결혼과 이혼을 반복한 전력이 있었는데 매번 그 상대가 갓 스물도 안 된 어린 여성이었다는 점도 대중의 심기를 불편하게 했다. 그런데 그런 건 빌미였을 뿐이다. 경제 공황과 실업, 전쟁의 기운이 감도는 상황에서 들끓는 대중의 불안을 어딘가로 돌리려는 정치공학적 계산이 다분한 사건이었다. 하지만 편집자 앞에서 찰리는 서슴없이 말한다. "SEX"라고.

설명이 충분하지 않다는 듯 그를 쳐다보는 편집자의 눈길을 피하는 찰리의 옆얼굴이 이렇게 말한다.

"나를 알고 싶으면 영화를 보시오."

이때 편집자의 표정을 영화는 감추었는데, 우리는 충분히 짐작해볼 수 있다.

"내가 알고 싶다는 게 아니라 독자들이 알고 싶을 거라고! 영화 속의 캐릭터 떠돌이를 통해서가 아니라 실제로 존재하는 인간 찰리 채플린의 육성 고백을 담으려고 책을 만드는 건데 영화를 보라는 무책임한 말을 하다니?"

영화를 보면 영화 속의 그는 순수한 영혼에 우수에 찬 얼굴을 하고 절망뿐인 비참한 현실 속에서도 희망찬 미래를 기어이 낙관해 보인다. 그런데 과연 그게 다일까?

편집자 조지의 태도

편집자 조지의 체크리스트에는 여자들 이름이 빼곡하다. 어떻게 시작되어 어떻게 끝난 관계인지, 설명인지 변명인지를 듣고 나면 이름이 하나씩 지워진다. 때로는 하는 수 없다는 듯이 지우기도 한다. 설명이 충분하진 않지만, 더 이상은 추궁

이 될 수 있으니 그만두는 게 좋겠다는, 편집자 조지의 판단일 테다.

"찰리, 당신 자서전이니 당신 뜻대로 하세요."

조지는 그렇게 말하곤 하지만 이건 사실 반어법이다.

"당신 자서전이지만 이 책은 우리의 공동작업이고 독자를 위한 것이니 당신 하고 싶은 대로만 할 수는 없어요."

이것이 진짜 속마음일 터.

찰리 채플린이 평생 관객을 위해 작품을 만든 것처럼 편집자는 독자를 위해 책을 만든다. 그러다 보면 인간적으로 좀 너무하다 싶은 언행도 하게 된다. 어쨌든 편집자 조지는 시종일관 침착한 태도로 저자의 아픈 곳을 쿡쿡 찔렀고, 기어코 그 답을 받아냈다. 예의 바른 자세, 온갖 배려가 뚝뚝 떨어지는 몸짓으로 다가와서는 날카로운 눈빛으로 뾰족한 질문을 던져대는 그와 함께하는 시간이 찰리로서도 그리 즐겁지는 않았을 것이 분명하다. 편집자가 주문하는 대로 기억의 심연으로 기어들어가 진실을 캐어가지고 나오는 작업은 이제는 노쇠해진 한 예술가를 점점 더 지치게 만들었다.

하지만 더 늦어서는 안 될 일이라는 걸 그 자신이 잘 알았다. 자신의 인생을 소재로 해서 작가로 일할 수 있는 시간은 그리 길게 주어지지 않는다. 아주 오래전 일도 마치 어제 일어난 일처럼 생생하게 더듬고 정교하게 다듬을 수 있는 지적 능력은, 이제 언제 갑자기 사라져도 이상하지 않다. 그도 자서전 쓰는 일을 통해 새로 알게 되는 일이 많았다. 그가 쓴 글에서는 단 한 줄로만 요약돼 있던 그녀가 실은 그를 가장 순수하게 사랑했던 사람이었다는 것, 그가 평생에 걸쳐 찾아온 것은 결국 완전한 사랑이었다는 사실 말이다. 조지의 체크리스트에 따라 여인들과의 관계를 되짚어가던 찰리가 문득 이렇게 말했다.

"조지, 이건 결말 부분에 넣으려고 쓴 건데, 난 지난 20년에 걸쳐 행복의 의미를 알게 되었습니다. 행복에는 사랑이 포함되어 있어요. 완전한 사랑은 모든 좌절을 극복할 수 있죠. 인간의 능력을 능가하는 거니까요."

영화의 후반부에 조지는 첫 번째 질문에 대한 추가 질문을 한다. '어머니의 정신이상 증상이 언제부터 시작되었느냐' 하는 질문을 통해 편집자 조지가 정말 알고 싶었던 것은 '채플린의 지나친 열정에 스며 있는 광기의 기원'이었던 것이다. 이쯤 되자 찰리는 정말 다 포기하고 싶은 사람처럼 보인다. 더는 밀고 나갈 힘도, 끌려갈 기력도 없는 것 같다. 그래도 힘을 내어 자신을 이렇게 변호한다.

"우리 광대들은 어떤 이야기를 들려주고 싶은 열망이 있는 겁니다. 초월적인 이야기요. 조금만 더 하면 될 것 같은데 나머지를 완성할 수 없네요."

편집자의 닦달은 과연 효과가 있었다. 여기서 이 영화 속의 가장 인상적인 고백이 나온다.

"저는 한 여자를 볼 때, 그녀와의 성적 가능성을 생각해보지 않은 적이 단 한 번도 없습니다."

남녀가 서로를 보면, 우선 결합의 가능성을 생각해본다는 것. 어쩌면 너무나 당연하고 자연스러운 현상인데, 사람들은 얼마나 많이, 오랫동안 스스로를 속여왔던가. 여러 사회문화적 양식들로 칠갑하면서 그 본능이 얼마나 자연스럽고 아름다운 것인지를 덮어버린다. 집단적으로 기억 상실증에 걸린 것은 아닐까 싶기도 하다.

그가 추구한 완전한 사랑을 '나약함'으로 정리할 수밖에 없는 찰리의 처지가 참으로 눈물겹다. 그 나약함에는 창조적 DNA가 없다. 결핍 그 자체인 것이다.

"일하지 않을 때는 나약했던 것 같아요."

"그 나약함을 쓰면 어때요?"

"절 이해하고 싶다면 제 영화를 보세요. 난 부족해요. 인간이니까요. 사람은 이루지 못한 것이 아니라 이룬 것으로 평가받아요. 그래요, 나는 변화를 만들지는 못했어요. 전 단지 사람들을 즐겁게 해줬을 뿐이에요. 그 정도면 괜찮은 거죠."

너무 중요한 사람은 그가 이루지 못한 것으로 평가받기도 한다. 그가 이룬 것은 당연하고, 이루지 못한 것으로 비난받는다. 그런 사람을 우리는 여럿 알고 있다. 찰리 채플린은 변화를 이끌고 싶어 했다. 변화를 만들지 못했다고 아쉬워하지만, 적어도 그는 꿈을 꾸었고, 노력했고, 시도했다.

그는 떠나도 질문은 남는다

편집자 조지와 함께 자서전을 쓰고 다듬어가는 지난한 작업, 자기 삶을 객관적으로 바라보는 힘겨운 싸움에서 찰리 채플린은 죽지 않고 살아남았다. 열심히 일했고, 일하지 않을 때는 사랑을 찾았지만 나약했다, 시대의 물결에 영리하게 올라탔지만 변화를 만들지는 못했다, 그러나 사람들을 즐겁게 해주었고 그것으로 만족한다, 영화를 통해서 보이는 찰리의 인생 최종 결산은 이쯤으로 정리해볼 수 있겠다. 이제 고생 끝, 행복 시작인 걸까? 조지와 함께 자서전 작업을 하던 때로부터 10년이 지난 후의 이야기가 영화의 말미에 나온다.

"조지의 질문에 대답하는 꿈을 꿨어."

모르긴 해도 악몽이었을 거다. 그런데 그 꿈을 꾸고 나서 미국에서 연락이 왔다. 44회 아카데미 시상식에서 특별상을 주겠다며 그를 부른 것이다. 1972년, 그의 나이 88세 때의 일이었다. 영화 속, 아카데미 시상식 무대에 선 찰리는 행복해 보였다. 그로부터 5년 뒤 크리스마스에 그는 세상을 떠난다. 매 순간 최선과 최고를 추구하던 사람. 20년간 추방자로 살았지만 끝내 잃어버린 영광을 찾고, 모든 질문에 답을 하고 떠난, 선물 같은 삶이었다. 그는 자서전을 통해 이렇게 말했다.

"일하는 것이 바로 사는 것이다. 나는 살고 싶다."

자신이 사랑하는 일을 통해 매 순간 새로 태어나고, 일에 열중한 순간들 속에 자신을 소멸시켰던 사람, 찰리 채플린. 그가 산 시간이 바로 '모던 타임즈'가 아니었을까.

책이 세상에 나오면 편집자는 저자와 이별한다. 편집자는 다음 책과의 여행을 시작해야 하고, 그 책의 저자와 함께 있어야 하니까. 하지만 저자는 편집자와 이별하지 못한다. 그가 한 질문에 답할 말이 계속 새롭게 생겨나기 때문일 거다. 질문하는 편집자의 목소리가 계속 맴돌고 그에 대한 새로운 답변을 계속 궁리해나간다면 그는 계속 작가일 수 있지 않을까. 평생 생각해야 할 예리한 질문을 던지는 사람, 불편하지만 피할 수 없는 문제를 담담하게 짚어주는 사람, 두려움을 주는 동시에 그것을 이겨낼 용기를 불러일으키는 사람. 찰리의 편집자 조지를 통해 그려본, 따르고 싶은 편집자 상이다.

인생에도
편집이 필요해

Suburban Girl

〈내 남자는 바람둥이〉
마크 클라인, 2009

칙릿과 변두리 여자

칙릿; 런던이나 뉴욕, 맨해튼 등 대도시에 살며 주로 방송·
출판·광고·패션업계에서 일하는 20~30대의 미혼여성을 주
인공으로 그들의 애정생활과 능력을 인정받기 위하여 벌이는
고투 등을 주제로 삼고 있다. 대체로 가볍고 통속적인 톤으로
스토리가 전개되며, 세속적인 욕망과 성性에 대한 솔직한 이야
기도 거침없이 드러낸다.

칙릿Chick Lit에 대한 두산백과의 설명이다. 이 사전이 대
표적인 칙릿으로 꼽는『브리짓 존스의 일기』,『섹스 앤 더 시
티』,『악마는 프라다를 입는다』는 긴 설명이 필요 없는 베스
트셀러로 영화로 만들어져 세계적인 흥행을 기록했다.

칙릿에 등장하는 여성의 직업으로 자주 등장하는 것이 바
로 출판 편집자이다. 브리짓 존스는 직장인 편집자이고『섹스
앤 더 시티』의 캐리는 칼럼니스트이며『악마는 프라다를 입
는다』의 미란다는 패션지 편집장이다. 늘 새로운 아이디어를
찾아 헤매고 고도의 감정 노동에 시달리고, 활자와 함께 부대
끼는 이 직업의 빛과 그늘에 대해서는 더 말하지 않겠다. 어쨌

든 이 직업 세계는 대중문화의 주인공이 될 만큼 매력이 있다. 매일 새로운 상황이 펼쳐지는 다양한 관계와 현란하도록 복잡한 업무 속에서 개인의 성장과 삶에 대한 성찰을 표출하기에 이 직업을 둘러싼 풍경은 매우 훌륭한 배경이 되어준다.

이제 이야기할 영화는 국내에서의 명성은 다소 부족할지도 모르겠다. 〈내 남자는 바람둥이〉라는 상투적인 제목의 영화다. 하지만 젊은 여성의 직업 세계를 다룬 영화들 중에서 20대 출판 에디터의 고민을 가장 밀도 있게 다루고 있어 흥미롭다. 원작은 세계적인 칙릿 붐의 시초로 거론되는 작품인 멜리사 뱅크의 단편집 『서툰 서른 살』(The Girls' Guide to Hunting and Fishing)이고 이 책에 수록된 에피소드들 가운데 두 편 「My Old Man」과 「The Worst Thing a Suburban Girl Could Imagine」를 마크 클라인이라는 천재적인 시나리오 작가가 각색해 직접 연출했다(그는 〈세렌디피티〉와 〈어느 멋진 순간〉의 시나리오 작가다). 영화의 원제는 〈Suburban Girl〉. 직역하면 '변두리 여자' 정도 되려나? '변두리 여자'라니 명확하진 않지만 짚이는 데가 없지 않다. 어떤 자리에서도 흔히 볼 수 있지만 주목받지 않는 곳에 있고, 늘 사람들에게 미소지으며 고개를 끄덕이고 때론 감탄사도 내뱉지만 자기 말은 하지 않는 사람. 가족이나 학교에서도 볼 수 있었고 사회에서도 익숙하게 그런 역할을 하는 사람을 볼 수 있다. 그리고 우리는 안다. 그들이 얼마나 공격받기 쉽고 얼마나 자주 감정의 쓰레기통이 되는지. 편집자는 자기 의사와는 상관없이 그런 상황에 놓이기 쉽다. '저자는 글을 쓰고 디자이너는 디자인을 하고 인쇄업자가 인쇄를 하는데 편집자라는 당신은 무얼하는 사람인가'라고 사람들은 참 자주도 묻는다. 여기에 준비된 멋진 답변은 없다. 주변에서 일어나는 모든 일을 뒷받침한다고 할 수도 있고, 그 모든 일을 총괄하여 리드한다고 말할 수 있을 거다. 'Suburban Girl'은 그러니까 현대판 신데렐라라고나 할까. 스스로 호박마차를 부를 힘만 있다면 어디로든 갈 수 있고 무엇이든 될 수 있다.

젊은 편집자는 늘 배고프다

사라 미셸 겔러가 연기한 주인공 브렛은 결코 낯설지 않은, 우리 주변에서 흔하게 볼 수 있는 캐릭터다. 빗지도 않은 것 같은 머리에 엉덩이를 푹 덮는 칙칙한 색깔의 자켓을 걸치고 책상 하나쯤 통째로 쓸어 담을 수 있을 만한 커다란 가방을 맸다. 편안한 팬츠에 앞굽이 동그란 구두를 신고 어딜 가든 원고뭉치와 함께이며 연필과 지우개를 손에서 떼놓지 못한다. 그래서 택시비를 과하게 쓰면서도 늘 약속시간을 놓친다. 속옷 디자인을 하는 유일한 절친(그녀는 "책 따위는 읽지 않는다!"고 말한다)과의 약속장소를 도서관 앞으로 잡는다거나 동네 단골 서점에서 서점 직원 몰래 경쟁사 책으로 도배된 진열장을 자기가 편집한 책으로 몰래 바꾸어놓으려다 들키는 장면에서는 편집자라면 누구나 자기 모습을 들킨 듯 민망해지거나 '나도 저런 시절이 있었지'하고 미소를 지을 것이다. 그렇다. 맨해튼 한복판에서 시도 때도 없이 교정지와 씨름하는 브렛의 모습은 서교동과 파주출판단지에서 만날 수 있는 전형적인 편집자의 모습 그 자체다.

지방에서 대도시로 청운의 꿈을 품고 올라와, 출판사에서 일한 지 3년차쯤 된 편집자 브렛. 상사에게 잘 보여 '보조' 딱지를 떼고, 기획자로서 본격적인 커리어를 시작해야 하는 입장인데, 하루아침에 상사가 바뀌고 기댈 데가 없어져버린 처지다. 게다가 새로운 상사는 군살 하나 없는 매끈한 몸매를 도발적인 패션으로 드러낸 자신만만한 여성으로 프랑스어에 중

국어까지 유창하다. 이번 생에서는 도저히 따라잡을 수 없을 것 같은 압도적인 실력자다. 망했구나 싶지만 브렛은 어딘가 믿는 구석이 있었다. 경쟁사에서 펴낸 퓰리처상 후보 작가 작품 출간 기념 리셉션에서 인사를 나눈 아치 녹스라는 거물. 그가 메시지를 남긴 것이다. 그렇게 해서 브렛은 아치에게 간다. 노련한 아치에게 의욕 넘치는 여자 후배, 그의 도움을 필요로 하는 브렛 같은 업계 후배는 그야말로 밥이다. 어떻게 해야 그녀들이 제발로 호랑이굴에 들어올지를 안다.

"배 고프면 들러, 맛있는 거 만들어 줄게."

이 한마디면 된다. 그가 남긴 음성메시지 한 통에 브렛은 홀린 듯이 정성껏 치장하고 아치에게 간다. 젊은 여성은 늘 배가 고픈 법이지. 더구나 에디터라면 말해 무엇하겠는가. 좋은 원고가, 쨍한 아이디어가, 완벽한 기획안이, 넉넉한 예산이, 주변 사람들의 응원과 지지가, 친절한 동료가 고프다. 무엇보다 자신의 재능과 열정에 고프고, 그녀를 잘 이끌어줄 멘토 같은 존재에 대한 갈망은 아사에 이르기 직전이다. 전설적인 편집장 아치 녹스라면 브렛을 도와줄 수 있을 것이다. 그 사람만큼 믿고 의지할 만한 언덕은 없다는 걸 브렛은 본능적으로 알았다. 과연 그랬다. 원고를 읽고 출간 여부를 판단하기, 보고

서 쓰기, 원고 수정 아이디어까지, 편집 업무에 관한 한 그는 완벽한 스승이 되어주었다. 심지어 그는 중요한 작가와의 계약이 어그러질 위기의 순간에 짠하고 나타나 그녀를 구해주기도 한다.

"브렛은 맨해튼 최고의 편집자야, 어서 계약하라고."

애송이 편집자의 어설픈 아는 척에 분노 게이지 상승중이던 작가도 아치의 이 한마디에 바로 진정하고 미소를 짓는다.

3년차 에디터, 익숙하지만 서툰

그렇다. 브렛은 애송이 티를 벗지 못했다. 브렛이 상사를 대신해 계약을 따러갔을 때 작가는 계약 조건으로 자신이 정한 책의 정가와 펌 세일 보장을 내걸었다. 이에 대한 브렛의 답변이 가관이다.

"그건 우리 회사 전문이죠. 헐리우드와 판권 계약이 활발하죠."

그녀는 작가가 요구한 '펌 세일'을 '필름 세일'이라고 넘겨짚은 것이다. 브렛은 아직 편집 보조일 뿐 책이 시장에서 어떤 규모로 어떤 루트를 갖고 유통될 것인지까지 내다보는 기획자의 거시적인 안목을 갖지는 못했다. '펌 세일'이 뭔지도 모르는 애송이를 작가 미팅에 내보냈다며 화를 내면서 자리에서 벌떡 일어서려는 찰나, 아치가 나타나 모든 상황을 수습해준다. 브렛은 아치가 권해주는 닭고기 수프를 먹으며 착하게 앉아 있다가 돌아오는 택시 안에서 그의 어깨에 기대어 쉬었다. 그러면 되었다. 그러나 언제까지 그럴 수 있을 것인가? 아치는 당뇨에 알콜중독까지 있는데?

아치가 브렛에게 해주는 충고는 뭐든 옳았다. 브렛이 고집을 부려봤자 어차피 아치의 안목을 인정하지 않을 수 없다. 하다못해 파티에 입고 갈 의상까지도. 단언컨대 무언가에 바쳐진 시간의 축적이 만들어낸 총체적인 안목을 이길 수 있는 건 없다. 브렛은 아직 갈 길이 멀다. 브렛이 얼마 전 서점의 진열대에 놓아보려고 애를 썼던 신간이 벌써 야드세일에 나와 있는데, 그녀는 뛸 듯이 기뻐한다. 신간 딱지도 안 떨어진 책이 거리에 나와 있는 이 기막힌 현실에 대해서는 아무 감각이 없다. 누군가 길거리에서 그녀가 편집한 책을 읽고 있다는 게 그녀의 가슴을 벅차게 할 뿐이다.

"저 사람이 네 책을 읽고 있어!"

속옷 디자이너 친구는 여전히 책 따위는 읽지 않지만 친구가 만든 책 표지 정도는 알아봐주고 '네 책'이라고 말해준다. 이 정도면 편집자의 친구로서 자격이 충분하다고 할 수 있을지도 모르겠다. 자신이 몇 달간 애써 다듬은 문장을 읽고 있는 낯선 이의 모습이 얼마나 아름다웠던지 브렛은 이 순간을 축하하고 기념하는 파티를 갖고 싶었다. 당연히 아치와 함께! 잔뜩 장을 봐가지고 아치의 집으로 간는데 아치의 서재에서 낯선 여인이 걸어나온다. 아치가 다른 여자를 만나고 있었다는 것에 분기 탱천한 브렛. 그녀가 아치를 향해 원망을 쏟아내는 동안 카메라는 서재에서 음악을 듣고 있던 아치의 옆얼굴에 흘러내리는 눈물을 보여주고, 곁에 놓인 술병이 반 넘게 비어 있는 걸 비춰주지만 브렛의 눈에는 이런 것들이 하나도 들어오지 않는다. 그녀는 자신의 감정만으로도 벅찬 이십대 젊은이니까. 브렛에겐 아치가 온 세상이지만, 아치에겐 그렇지가 않다는 걸, 브렛이 알 리 만무하다.

브렛은 인생의 단계에서 맞이하는 모든 일에 아마추어다. 아버지가 암에 걸렸다는 소식을 들었을 때, 아버지를 걱정하기 보다는 그 중요한 일을 자기보다 남동생이 먼저 알았다는 것에 화를 낸다. 아버지가 암에 걸린 마당에 새로 한 페인트칠을 자랑하고 멀쩡하게 게 요리를 해서 식탁에 내놓는 어머니의 모습에 황당해한다. 아버지의 발병 소식을 만약 남동생이 아니라 자신이 먼저 알았다면 어땠을까. 분명 하나뿐인 형제에게 그 소식을 그녀가 전했을 거다. 아버지가 암에 걸렸다고 어머니가 평소에 잘하던 음식조차 못 만들 지경으로 몸져누웠다면 좋았을까? 자기 나이의 두 배인 남자를 집에 데려왔을 때 가족들은 그를 어떻게 맞이해야 정답인 걸까? 의사였던 아버지도 처음 암에 걸려보고, 어머니도 자기와 비슷한 연배의 사윗감을 처음 본다. 브렛은 상대방의 입장에서 상황을 보는 시각이 전혀 형성되어 있지 않다. 주어진 교정지 위에 자기 눈에 잘못되거나 어색한 곳을 수정하는 초보 편집자의 자세가 일상에서도 고스란히 드러난다. 인식은 우리가 도달한 지식의 수준과 경험치에 바탕하므로, 우리가 하는 말과 행동이 곧 나의 세계 그 자체를 드러내고 있다는 걸 부정할 수 없을 것이다. 자신이 처한 상황을 언제나 입체적으로 파악한다는 것은 언제나 어려운 일이지만 시간과 경험은 우리에게 상황을 둘러싼 겹겹의 인과관계를 보는 시야를 넓혀준다.

어쨌든 분명한 건 브렛이 편집 보조를 벗어나 기획자로 일어서려면 그녀가 지금까지 해왔던 교정지 위의 2차원적인 고민을 뛰어넘어야만 한다는 것이다. 그녀가 만들어내는 책이라는 것이 거대한 지식 생태계에서 어느 지점에 위치하는지 그것이 얼마만큼 운동할 것인지를 3차원적으로 파악하는 능력이 필요하다. 또한 그 일이 그녀의 커리어나 삶의 방향성에 어떤 의미를 갖는지 브렛은 깊이 사고할 수 있어야 한다. 그래야 브렛은 출판업계에서 제대로 된 명함을 갖고 자기만의 비즈니스를 펼쳐갈 수 있을 것이다.

변두리에서 중심으로, 에디팅이 필요할 때

브렛은 아치를 떠난다. 당연한 수순이다. 아치가 옷장 속에 간직하고 있는 여자친구 스크랩북에 자신도 한 자리를 장식하게 될 거라는 걸 안다. 그 많은 여자들 중 한 사람일 뿐이란 걸, 아치의 삶속에 그녀의 존재는 딱 그 정도의 무게일 뿐이란 걸 알 만한 때가 되었다. 브렛은 눈물을 흘리며 아쉬워하는 아치에게 말한다.

"알잖아요, 제 빈자리는 곧 채워질 거라는 걸."

아치가 살아온 날들이, 그가 쌓아온 경력이 브렛을 만나기 위함이 아니었음을 알고, 브렛의 삶이 아치를 만나기 위해 걸어온 길이 아니었다는 걸 알 듯이 '천겁의 세월을 건너온 운명 같은 만남' 같은 수식어가 소용 없다는 걸 인정해야 한다. 우리는 모두가 스쳐지나가는 순간의 인연일 뿐. 위안이 되는 것은 편집자라는 역할을 하고 있는 사람들에겐 그 시간을 함께 통과하며 탄생한 책이 남고, 그 시간의 숨결을 책갈피마다에 간직할 수 있는 특권을 갖고 있다는 것이다. 브렛의 책꽂이는 채워진 자리보다 채워질 자리가 훨씬 더 넓다.

그렇다면 아치는 브렛과의 시간을 통해 무엇을 얻었는가? 당뇨와 고혈압, 알콜중독까지 온갖 성인병에 시달리는 아치에게 브렛처럼 의욕 넘치는 젊은 여인의 싱그러움은 그 자체로 생의 활력이고 위안이 되어준다. 브렛과 함께하는 시간이 아치에겐 무엇과도 바꿀 수 없는 가치. 브렛에게 아무리 퍼주어도, 그녀를 아무리 도와도, 그로서는 잃는 것이 아무것도 없다. 그가 쌓아온 사회적 지위와 확고한 인맥, 지적인 역량과 업무의 노하우 이 모든 것은 사랑하는 여자 혹은 아끼는 후배를 위해 아낌없이 내어준다고 해서 사라지는 것은 아니므로. 그런 것들은 브렛 같은 초보 편집자가 선배로부터 잠시 빌려올 수 있을지는 몰라도, 잠시 기댈 어깨가 되어줄 수 있을지는 몰라도, 릴레이 주자가 바톤을 넘기듯 단번에 건네질 수 있는 게 아니라는 걸 모른다고 하지는 않겠지? 아치에게서 그것을 받았으니 그에 상응하는 보답해야 한다는 생각은 넌센스. 그녀도 아치의 시간에 이르면 알게 될 것이다. 하염없이 베풀어도 더 줄 것이 없어 안타까워지는 누군가를 만나게 될 것이다. 부모에게 받은 사랑을 부모에게 돌려줄 수 없듯이, 선배에게 받은 사랑도 마찬가지다. 우리는 우리보다 더 많은 시간을 산 사람들이 이루어놓은 세상과 그들이 갖고 있는 지혜를 빌려 오늘을 살고, 내일이면 그것을 우리보다 더 적은 시간의 눈금을 갖고 있는 사람들에게 모두 물려주게 것이다. 그걸 원하게 될 것이다.

책의 표지에 이름을 새기는 저자의 주변에, 아치 같은 업계 거물의 주변을 맴돌며 원고의 가장자리에 끊임없이 무언가를 쓰고 지우는 '변두리 여자' 브렛의 시대를 하루 빨리 졸업하자. 일과 삶의 변두리가 아닌 중심을 향해 각자의 좌표를 끊임없이 에디팅하자.

우리는 지금도
서로를 찾고 있다

Best Sellers

〈베스트셀러〉
리나 로즐러, 2021

출판사를 팔아야 할 때

아버지처럼 되고 싶었던 편집자가 있다. 아버지가 일군 출판사 스탠브리지는 문학 출판으로 명성이 하늘같이 높고 아버지는 업계 사람들에게 존경받는 출판인이었다. 아버지의 유산을 물려받겠다는 생각으로 어릴 때부터 열심히 공부하며 실력을 갈고 닦았고, 드디어 아버지의 뒤를 이어 CEO 자리에 올랐는데 문제는 펴내는 신간마다 언론의 혹평이 쏟아진다는 거다. 매출은 당연히 곤두박질쳤다. 그리고 마치 기다렸다는 듯이, 출판사를 팔라는 압력이 들어온다. 그것도 가격을 매우 후려쳐서. 리나 로즐러 감독의 2021년 영화 〈베스트셀러〉의 주인공 루시가 처한 상황이다.

루시에게 출판이란 일은 어떤 것이었을까. 고매하신 작가님들이 주신 훌륭한 원고를 읽고 독자가 읽기 좋게 편집하여 세상에 내보내면 되는 줄 알았을까. 평생 곁에서 아버지가 하는 사업을 지켜봤다고 해도 자신이 직접 뛰어들지 않는 이상 그 속내를 속속들이 알기는 어렵다. 게다가 아버지는 루시에게 경영수업을 시켜준 적도 없다. 어릴 때부터 루시가 책을 소리 내 읽으면 "네가 최고야"라고 했다는 것이 그녀가 아버지에 대해 이야기하는 전부다. 서류상으로는 무엇 하나 부족할 것 없이 스펙을 쌓아온 루시이지만 막상 기댈 사람 하나 없는 것이, 너무도 딱하다. 루시의 등 뒤에 커다랗게 걸려 있는 설립자의 초상화는 그녀를 따뜻이 품어주기는커녕 네가 하면 얼마나 하겠냐는 듯이 그녀를 내려다보고 있다. 망망대해에서 노 하나조차 내 편이 아닌 것 같은 기분을 하루에도 수십 번씩 느끼는 루시. 판단 모라토리움기에 빠진 루시가 요즘 들어 자꾸 생각나는 건 나 역시 출판을 시작했기 때문일까.

유혹과 유산

골방에 틀어박혀 혼자 글을 쓰고 있으면 직장에 다니는 사람들이 부러웠다. 아침에 일어나면 갈 데가 있고, 출근해서 싱그러운 아침의 얼굴들과 반갑게 인사 나누고, 점심 같이 먹으러 나가고, 차 한잔하면서 같이 알콩달콩 회의도 하고, 저녁이면 헤어지기 아쉬워서 뒷골목 선술집에서 술 한잔 마시고 그러는 거겠지? 친절한 선배의 배려와 귀여운 후배들의 추앙을 받으면서 따박따박 월급에다 4대보험이라니, 난 왜 그런 천국에 입장권을 구하지 못했을까 뒤늦게 괴로워했다. 그러다 2019년에 난생처음 정규직으로 직장을 얻었다. 직위도 무려 '부장'이었다. 내가 꿈꾸던 직장생활의 즐거움이 전혀 없었다고는 못하겠지만 한 공간 안에서 여덟 시간 이상 함께 있어야 하는 사람이란 서로에게 공해보다 더 해로울 수 있고(공기 청정기로는 해결이 안 되는) 특히 내가 가장 농도 짙은 매연일 수 있다는 걸 알게 됐다. 직장에 다니고 있으려니 사장이 부러웠다. 회사 내 모든 의사결정이 민주적으로 이루어지고 있다고 하나, 결국 가장 중요한 건 대표의 의지와 결정이었고, 직원들은 그에 따라 움직여야했다. 대표는 출퇴근 시간 눈치 보지 않고 자유롭게 오가면서, 듣기 싫은 소리는 외면하고, 만나기 싫은 사람은 피하고, 편한 사람과 좋은 말만 나누며 속 편하게 사는 것 같았다. 이게 내가 지금까지 한 착각 중에 가장 어이없는 착각이라는 걸 깨닫기까지 엄청나게 혹독한 시련을 겪어야 했다. 내 눈에 보이는 건 그냥 환상일 뿐, 진실 혹은 사실조차 거기 없다는 걸 내 방 벽면 사방에다 새겨놓고 싶은 심정이다.

루시는 어려서부터 아버지의 유산을 물려받겠다는 생각으로 다른 데 한눈 팔지 않았지만, 그랬기 때문에 더욱 포기가 힘들었다. 그녀에게 회사를 팔라고 하는 브로커도 똑같은 말로 그녀를 유혹한다.

"이게 아버지의 유산을 지키는 길이야."

루시가 생각하는 유산(출판사의 이름)과 그가 말하는 유산(아버지가 딸을 위해 남긴 신탁자산)은 같은 말이지만 다른 뜻이다. 세상 모두가 똘똘 뭉쳐 그녀를 출판의 세계에서 몰아내려고 작정한 것 같은 상황에서, 루시 나이 즈음의 나라면 자존감이 낮은데다 심리적 압박을 견디지 못했을 것이기에 모든 걸 포기하고 놔버렸을 거다.

루시가 회사를 팔고 아버지가 남긴 유산을 지키라는 달콤한 유혹에 넘어가지 않은 것은 그걸 권하는 이가 전 남친이어서도, 현재의 금전적 압박 때문도 아니었을 것 같다. 회사를 넘길 때 넘기더라도 성공작 한 편 못 내보고 백기를 들기는 싫었던, '스탠브리지'라는 이름을 물려받은 편집자의 자존심 때문이었다고 생각한다. 무엇보다 아버지의 유산을 믿었을 것이다. 스탠브리지에는 계약금은 지불되었지만 원고가 도착하지 않은 오래된 계약서가 있었다. 루시는 당장 그 계약서의 갑님, 해리스 쇼를 찾아간다.

저자를 찾아서 & 편집자를 찾아서

'영화 속의 편집자'라는 제목으로 글을 연재할 당시의 나라면(출판사 대표가 된 지금의 내가 아니라) 이 영화의 주인공을 루시가 아니라 작가 해리스 쇼로 보고 이야기를 시작했을 것 같다. 영화의 오프닝도 해리스의 집필실에서 시작한다. 그는 고양이 한 마리와 함께 사는 낡은 집에서 타자기를 두드리고 있다. 그는 스탠브리지 출판사에 책 두 권의 원고를 제공하기로 하고 2만 5천 달러의 계약금을 받았다. 40년 전에. 그러니까 해리스는 그 긴 세월 동안 단 한 작품도 발표하지 않고 칩거해 있었던 것이다. 그런 그가 약속을 지키기 위해 루시의 사무실로 간다. 루시가 출판사를 헐값에 넘기기로 하는 계약서에 서명을 하기 직전에, 새 원고를 들고. 그가 온 것을 본 브로커들이 루시의 자존심에 불을 지른다. 해리스 쇼의 차기작 출판 비용과 마케팅 비용을 감당할 수 있겠냐면서 너는 맥스 퍼킨스도 아니지 않냐고. 여기서 그녀의 눈에 불꽃이 인다. 그런 상황에서 마지막 희망으로 나타난 저자로서 꼭 그렇게 말해야만 했을까.

"유산만 물려받은 네가 내 원고에 손대는 걸 견딜 수 없어.”

해리스 쇼는 편집자가 한 글자도 고치지 않아야 한다는 조건을 내세운 대신 북투어를 받아들다. 그런데 사람들이 모인 곳에서 자기 책을 펼쳐 자기 글을 읽는 일이 불가능했다(아, 너무 이해된다). 대신 “불 쉿Bullshit”을 반복하고 책을 바닥에 던지고 거기다 오줌을 갈기는 등의 퍼포먼스로 청중을 흥분시키는 데는 성공했다. SNS 계정 팔로우가 기하급수적으로 늘어갔지만 그럼에도 책은 전혀 팔리지 않았다. 루시는 해리스가 낭독을 하지 않아서라고 생각해 고민하다 낭독회에 온 사람들을 붙잡고 책의 일부를 읽게 하고 그 모습을 영상에 담았다. 해리스는 자기가 자기 글을 읽는 건 싫었지만 어쩐지 사람들이 자기 책을 펼쳐 읽고 있는 소리는 듣기가 좋았다. 독자가 책을 소리 내 읽는 영상이 SNS계정에 탑재되자 책 판매 그래프도 위를 향하기 시작했다(맞다. 요즘 사람들은 책을 읽으라고 하면 더 멀리한다. 책 읽는 모습을 보여주어야지. 그게 얼마나 괜찮은 경험인지 직접 보고 들으며 느끼게 해주어야 한다).

북투어를 함께하는 날들 동안 해리스는 루시를 다시 보게 된다. 그녀는 해리스의 책을 세상에 알리기 위해 최선을 다하고 있었다. 무엇보다 해리스의 거친 문장 뒤에 숨겨진 진실을 이해하고 있었다. 루시도 해리스에 대해 많은 것을 알게 된다. 50년 전 해리스의 베스트셀러를 편집한 것이 실은 그의 아내 엘리자베스였다는 사실도. 해리스가 두 번째 책을 내지 못한 것은 글을 쓰지 않아서가 아니라 아내가 편집하지 않은 원고로 출간할 자신이 없었기 때문이었다. 그 역시 엘리자베스처럼 자신을 이해해주고, 자기 편에서 원고를 매만져줄 편집자를 찾아왔던 것이다.

그렇다. 우리는 서로를 찾고 있다. 서점이 문을 닫고, 출판 매출이 급감하고, 독자가 실종되고, 세상이 문학을 냉소하는 상황에서도 편집자는 희망을 걸고 새로운 목소리를 내줄 저자를 찾는다. 자기 글을 자기가 읽을 용기도 없는 허약한 정신력에다 간경변에 폐암, 심장병까지 몹쓸 병이 삼종 세트로 걸려 죽음이 시시각각 다가오는 상황에서도 저자는 마지막 희망으로 자신의 책을 믿고 맡길 편집자를 찾는다. 진심으로 "네가 최고야" 하고 말해줄 파트너 말이다.

우리는 지금도 서로를 찾고 있다.

책 읽는 책 쓰는 책 만드는

나는 남들이 쓰고 연기하고 촬영해 편집한 영화를 보는 게 좋다. 그걸 이야기하고 글로 쓰는 것도 좋다. 이 세계에 대한 다채로운 해석이 담긴 영화들이 나라는 매체를 통과하며 다시 세상으로 돌아가며 또 하나의 이야기가 되는 과정이 좋다. 그렇게 이 세상을 읽고 쓰는 자기만의 통로가 있는 사람들이 많아지기를 바라며 '읽고쓰기연구소'라는 브랜드를 만들었다. 영화와 글쓰기, 독서와 출판이라는 키워드 아래 소박하게 이런저런 일들을 도모하고 싶다.

여기에 쓴 글은 출판인들을 위한 잡지 《기획회의》에 연재

했던 '영화 속 편집자' 원고들을 뒤늦게 묶은 것이다. 사실 이런 글을 언제 썼는지 기억조차 가물가물하다. 《기획회의》에 영화 이야기를 오래 썼는데, 그만 쓴 지도 오래되었다. 지속적으로 원고 마감에 시달리며 아무 말이라도 쓰게 만든 지면이 수년간 내게 주어졌던 게 얼마나 귀하고 소중한 기회였는지, 이번에 교정지를 들여다보다 새삼 알게 되었다. 이 글들을 써 내려가던 순간만은, 나는 그럭저럭 괜찮은 인간이라 느꼈고 영화 속에서 사랑에 빠진 주인공처럼 행복했다.

지나고 나면 알게 되는 것들 때문에 우리는 후회를 하거나 감상에 젖기도 하고 몰랐던 행복을 뒤늦게 깨닫기도 한다. 마음속에 좋은 노래와 멋진 이야기를 수집해 간직하고 있는 사람들의 과거는 현재적 상황 속에 더욱 풍성하게 재탄생한다. 그것이 후회이든 감상이든 추억이든, 과거의 시간들이 새로운 색채와 의미를 갖고 오늘을 더욱 반짝이는 것으로 만드는 것을 느낀다. 굳이 먼 나라로 여행을 떠나지 않아도 가슴속에 펼쳐진 세계가 광활한 사람, 부동산이나 주식 평가액을 들여다보지 않아도 불안하지 않은, 마음속에 품은 보석 같은 이야기와 사랑하는 사람에게 들려줄 노래를 끝도 없이 가지고 있어서 아무도 부럽지가 않은 사람. 그런 사람이 되는 것이 꿈이다. 그런 친구들을 많이 만나고 사귀어나가는 것이 인생의 목표다.

이 책에 실린 잡담들을 쓰던 때와 지금의 나는 흘러간 시간 이상으로 다른 존재가 되어 있다. 그러나 달라지지 않은 점이 있다면, 나에게 고통을 주었던 글쓰기가 언제나 가장 큰 힘이 되어준다는 사실이다.

이 글을 쓰기 전에 그녀에게 내가 있는 장소를 알렸다. 근처에 있다면 잠시 차 한잔하자고. 일정이 빠듯한지 망설이는 그녀에게 길게 설득할 필요는 없다. 이렇게 말하면 된다.

"오시는 동안 기다리면서 에필로그 쓸게요."

내가 뭔가를 쓰고 있다고 하면 기뻐해주는 사람이 있다는 것. 그것이 앞으로의 날들을 하루하루 살아가게 하는 가장 큰 힘이고 이유가 되리라는 걸, 나는 이제야 선명하게 알게 되었다. 좀 더 빨리 알았더라면 좋았을 사실이다. 언제나 읽고 쓰며, 기꺼이 다시 읽고 다시 쓰는 삶이야말로 마음이 가난한 우리가 지치지 않고 계속할 수 있는 일일 것이므로.